倡导诗意健康人生
为诗的纯粹而努力

阎 志
主 编

半个冬日
中国诗歌
【第87卷】
2017 3

主　　编：阎　志
常务副主编：谢克强
副 主 编：邹建军

编　委（以姓氏笔画为序）：
田　禾　叶延滨　李　瑛
祁　人　吴思敬　杨　克
张清华　邹建军　陆　健
林　莽　路　也　阎　志
屠　岸　谢　冕　谢克强

发稿编辑：刘　蔚　熊　曼　朱　妍
李亚飞
美术编辑：叶芹云

编辑：《中国诗歌》编辑部
地址：武汉市盘龙城经济开发区
第一企业社区卓尔大厦
邮编：430312
电话：(027)61882316
传真：(027)61882316
投稿信箱：zallsg@163.com

目录 CONTENTS

封三封底——《诗书画》·陈谢书画作品选
本期插图选自 William Draper 作品

图书在版编目（CIP）数据

半个冬日／路云等著.-北京：人民文学出版社，2017
（中国诗歌／阎志主编）
ISBN　978-7-02-012581-4

Ⅰ.①半…　Ⅱ.①路…　Ⅲ.①诗集－中国－当代
Ⅳ.①I 227

中国版本图书馆 CIP 数据核字（2017）第 063888 号

责任编辑：王清平
装帧设计：海　岛
责任校对：王清平

人民文学出版社有限公司出版
http://www.rw-cn.com
北京市朝内大街166号　邮编：100705
武钢实业印刷总厂印刷　新华书店经销
字数 210 千字　开本 850×1168 毫米 1/16　印张 9.75
2017 年 3 月北京第 1 版　2017 年 3 月第 1 次印刷
ISBN 978-7-02-012581-4
定价 10.00 元

如有印装质量问题，请与本社图书销售中心调换。电话：01065233595

头条诗人
HEADLINES POET

路云
LU YUN

1970年生。受聘于湖南涉外经济学院教授创意写作。研究方向为创意写作和当代汉语诗歌句法。出版诗集《望月湖残篇》、《凉风系》和《光虫》。

此刻，蔚蓝

·组诗·

□路　云

经　过

一只内向的苹果在胃里
大声说话。
我边接手机边走过两个红绿灯，
对方手机里突然冒出
一个鸡蛋磕在碗口的声音，
然后是搅拌，
然后什么也没有了。
正好横过斑马线，
那么多车灯一齐盯住我，
我没有说请原谅，
谢谢，再见。
当它们从我身后猛冲过去，
手机又响了。双向车道，
右边塞得比左边严重多了。

空盒子

盒子里剩下一支烟，
把它取出来，一分为二，
屋子里就有四个人，
同时陷入孤独。夜晚是完整的，
空盒子因为空，
抽身离开。我从未想到过自杀，
但抽烟很凶，你也是。
多年后想起这个空盒子，
在另一个房间，你把脸转过来，
盯着我。目光突然拉近，
空盒子把我们同时装进去。
夜色没有因为点燃，
冒出细小的火焰，孤独也是，
空盒子随之化为灰烬，
具体到双手来说，可触摸到你。

冲　动

绝壁上什么也没有，
除了一根绳子，系在你腰上。
我听不清你说的话，
声音陡峭，几乎没有踩脚之处。
我摔下来多次，
疼痛因为找不到伤痕，
你不信，我也找不到语言，
来复述。长这么大，
绝望过一回，而现在我怀疑，
这是不是绝望。因为，
凡是被描述成绝壁的地方，
我几乎去过，而且说不出快乐。
它把我抓得紧紧的，生怕我
掉下去，我时刻
有着把这个说出去的冲动。

岩　石

下半夜，从半生不熟的
睡梦中
渗出的一钵米汤，
把胞衣像一件旧夹衣

浆洗过后，泼在桂花树下。
月光比平日硬扎，
我独自享有岩石般的沁凉。
一股从未有过的活力，
令月光变得勤快，
它一轮轮浆洗自身，
和你叠好的影子。
月光和米汤，把岩石感
从岩石中取出来，你把它
抱在怀中，我叫它凉风。

反 转

把腿伸到意识之中，用掌腹，
连击它的膝盖，
脚老在抽筋，我四处张望，
仅有一人用余光看我。
雨突然停了，
一滴水滴进我的鞋套，
我爱上划船，不，是雪橇。
一种速度追不上另一种速度，
能够腐烂的东西都不会，
停止奔跑。
失眠与外墙渗漏谁更坏，扯不清，
需要防水漆一大桶，
腻子粉两包，一般情况下，
会送一个滚子或两把刷子。
问题是两者我都想要，
结果是空着手来空着手去，
来来回回跑一下午，直接耗掉的是，
进入睡眠的时间。多好啊，
醒来，想都没想就把脚伸进一双拖鞋。

不对称

我乐于看见鸡同鸭讲话，
狗追猫，
笑声落在地上，抓不住。
花朵在春天走得真快，
追不上，并没有失败感。
雨水不同，它找到骨头
与骨头之间的缝隙，
我害怕霉味，它害怕阳光。
一片绿叶所理解的，
我不能。你证明脚跟比
树根进化得更彻底，
草坪上，我试着站了一整天，
没有任何一只鸟，
在我乱发中飞来飞去。

噤 声

鸟一叫，她就跳舞。
身体表层，
像海水溜向港湾泛起波浪，
整个儿，
比八爪鱼还八爪鱼。
见过野天鹅，孔雀的我，
忘记曾见到过蜻蜓，
河堤上草丛中，
不是刷过透明漆的木地板。
原谅我在一分钟后，
想起这些，并愉快地想起泥鳅，
在我手心里，
表演过类似的动作。
那时，还不知道舞蹈这个词，
这丝毫不影响我，
在一块空坪手脚同时挥动。
那会儿有没有鸟叫，
不知道，但有一个刹那，
盯着地上的影子出神。

极 限

站在悬崖边石头一角，
想说的话没了。
双腿哆嗦着，代替另一个人，
说个不停。咳，这家伙，
为什么不配合一下，
哪怕一分钟。我痴迷于极限，
边界只是其中一种，
表演完毕，丢下一句话，
像丢下一块石头。
话或者石头，不可能悬在空中。

在沉默中，我把头抬起来，
双手开始发抖。假定你
站在云块上，重复刚才的动作。
我常为这么想而感到后悔，
并坚信此刻，
双腿沉默，不是为了配合。

距　离

在两只刺猬之间找到谜底。
反过来却很难，
有时一只都找不到。
很简单，你离它太远，
认为它不存在。
我变成兔子你变成菜叶，
零距离接触，结果兔子怀孕。
我爱上刺猬时很直接，
血液距离痛太近，不怕，
太远，什么都不爱。
你不信，拿曲尺一量，
左边三公分，要用右眼看。
右边刚好。经常笑出眼泪的人，
喜欢仰泳，你这只旱鸭子，
快跑。被腌过的月光，
又咸又腥，我祝福过你。

通过榨汁机爱上水果

通过榨汁机爱上水果。
水果还是楼脚下佳乐超市的，
不同的是这台榨汁机，
原装德国货，
声音小得就像胃壁在蠕动。
以前的那台发动机，
把我想喝点什么的想法，
直接打成泥浆。对德国的敬意，
除了文字，还有机器，
包裹其中的一种螺丝钉精神，
将我伤透的脑筋回炉，
车出螺纹，它们伸出手臂，
等同于枝条伸向春天。
花朵与果实，蜜蜂与甘甜，
轻易找出人与自然的连接方式。

半个冬日

阳光透过玻璃变得纯粹。
一个下午躺椅安静得
像某截古老的枝丫，
伸展在半空。有不少词句
闪现，又滑入沉寂。
对不起，我不想捞起它们，
为什么？我也一样，
接近液化的临界点。
词，完全溶解在透明中，
与透明的体温一致，
呼吸一致，没有一丝缝隙。
我闭上眼睛又微微张开，
有一种冷，变得纯粹透明，
浸入我的全身，
平缓，清晰，坚挺。
先是摇动双腿，然后把整个人，
拉直，双手自然伸平。
左手停在躺椅上方，右手尖
几乎触到悬在山顶的光盘。
我在凉台上，看着它，
轻轻拨开一根细小的唱针，
又放上去，反向转动，
释放出一种同样精确的威力。

把苹果削好给你

把苹果削好给你。
空气太紧张。我顺便
把长在话里头的核，
剥开。白得刺眼。
你将啃了两口的苹果，
递到我嘴边，我啃了一下，
代替平时说话吵嘴。
我不知道诗意是什么，
我不相信语言。
我愿意不停地削苹果。
苹果皮堆在你脸上，
继续生长，凉沁沁的，

我歪着头再啃一口。

感 恩

被身体忽略的影子
穿过一排柳枝，停在湖面上。
秋天的后半段，
你盯着它，它不会下沉，
偶尔被一只鸭子掀开，
里面什么也没有。
我好奇身体的全部，不是你
奔跑行走的样子，
双脚明显比双手粗壮。
是什么确保它们跌跌撞撞，
而不至于悬在半空?
我猜，每个人的身体，
对应一块同样重量的石头，
或者一句话。包含在这里头的
轻与重构成一种平衡：
谨防在某个晴朗的早上，
全部的身体，与它长长的影子，
签下一个试飞合约。

假 日

假日在最后一天变得温驯，
无限接近湖水。
滑过去的每个日子都像回头鱼，
重返此地，在这儿产卵，
把憋住的轻叹浓缩为细小的颗粒，
透着橙光。它看不见我，
在困倦中闭上双眼，又在来年打开，
触及某个边界。
没有什么能把不由自主的脚步声，
转换成一个生锈的铃铛，
在俯身向下的坡道焕发异彩。
风吹动湖水，它的皱纹里传出
一阵虫鸣，万物闪身进入另一个频道，
那时你在一个意想不到的山头，
眉心起跳，目光一根根如棉线散开，
又自动翻卷，恢复纺锤状。

冰箱里的雪糕

雪糕搁在冷藏室第二块隔板上，
被一层保鲜膜裹着。
想起它的念头，同样柔爽、嫩滑，
搁在体内哪一层隔板上，
尚不清楚，
眼睛与手听命于它发出的指令。
鼻子首先嗅到腊肉的火熏味，
从冷飕飕的风中窜出，
不妨碍右手径直伸向雪糕。
我在剥开这层膜的时候，
觉得这玩意儿真好，
至少在我享受一种味道时，
免除另一种气味打扰。
我的双唇像冰箱门一样合上，
又拉开，一阵凉风吹来：
某日雪糕般保存在这个刹那之中。

祝 福

苹果在电脑上浮现，
手臂伸出去和一根枯枝伸出去，
几乎同时。
我藏在水果香味中，
清扫落叶，从早到晚。
苹果消失了，一阵倦意，
将我带走。那儿，有一枚
浑圆的，风一吹，
就闪烁出种种波光的果核。
射向它的目光，
自动弯转，旋入停顿之中，
你一愣，就被一颗石头击中。
屏幕上飘出大朵的雪花，
请原谅，刚才不知道碰到它的
哪根神经，而我浑然无觉。

波 光

一抹波光在水面上抡起臂膀。
刹那间，帆的影子被切成数段，
埋藏其中的阴郁与平静，
剔除浩渺中起伏不定的目光，
和难以测度的重量。
忽视它们的是一瓶农夫山泉，
把它倒进海水，转瞬就成了蓝色。
此刻，一艘船飞快地掠向对岸，
掀开雪白的裙边，没有人四处打量，
那友好的斧柄脱落何处，
可能是它顺手劈开无声的喝彩。

阴 影

1

没人在意阴影标出光线的
角度和大小。站在一棵苦楝树下，
肯定比站在梨树下安静。
我在乎阴影带来的一点相似。
如果你说芝麻，我说蚂蚁，
我们就是穿一条裤子长大的。
我说一棵好大好大的树，
你说没见过，那好，再见，
如果你说黑暗，我一惊，
随即把这个难以察觉到的反应，
藏在一片叶子中。
你轻易将它从任何一抹阴影中
拣出来，我站在那儿不动，
一阵风过去，它从不留下什么。

2

心中的一块石头不见了，
我差点飘起来。
这是昨天下午的感觉，
而现在，我有点喘不过气来。
不见了的石头留下阴影
比石头更重。
我团团转，急于抓住什么，
而什么都晃个不停，
我坠落在地，抢在那块石头前。
它的重量把我摁住，
无法说出的快乐变成一个坑，
雨水从中漫溢出来，
悄悄沿着树根渗入一片阴影，
某个时刻可以拧出水来。

3

桂花树的阴影在月光下跳舞。
这是我没有想到的，回到书桌前，
模仿其中一个动作，
从阴影中跳出另一个阴影，
有淡淡的香味。鼻子与眼睛，
瞬间交换位置，指头在键盘上疾走，
惊动一群野鸭在真空中飞行，
鸣叫声，偶尔在半夜
发出磷光，照亮同伴的羽毛，
其中一片掉下来变成钻头。
阴影中有不少陶片，碎骨块，
木桶铁箍，我在哪里见过，
没见过的是直立行走的水，一下
冲过我头顶，一下爬上脚背。

4

三伏天经过路边一棵樟树，
无意中触到阴影的表皮，
它提示另有一个世界我进不去。
我在我的世界，用脚尖
触到它的脚跟，贴得再紧，
也无法深入。今天下午七点，
落日停在山顶，在卷走它的沉默
之前，书页般翻开背面。
这不能阻止我歪着脑袋想，
为什么不用脚板踩着我的脚板，
或者让头正对着我的头?
想着想着，我就多出一份小心，
脚步尽量放轻，不时把头抬起来，
穿过某朵白云撞向它的腹肌。

5

语言在孤独时变成气流，
不是落叶。它拧干体内的水分，
舍弃躯壳、花岗岩底座，
俯身取走一件轻纱。
在孤独中，我举着空火把，
燃烧着的光没有灰烬。
我溜进我的阴影中，它说话，
行走，发烫或者冰凉，
化身为一棵花椒树，
留下各种气味。而我，
在不同形状中测出那张嘴，
那双眼睛，同样清冽，
均匀，被一阵凉风吹向此刻。
洒水车掉头，扫向左侧，
中断我与它彼此交替的游戏。

2 月 14：铁树开花

有人喊你。假装没听见。
快乐从手心里冒出来，
一把镊子夹不住
我的鸟嘴，
它们消失在通往酒精棉球的路上，
影子溜进玻璃瓶。
铁树开花，我止步，
大朵的乌云在半夜被一场暴雨擦得
嫩白，你的玩具猫喜欢装睡，
我揪住它的头发，
没用，踢它的小屁股，没用，
这个时候，谁哭一下，
谁就是我奶奶。裤兜里有一个气球，
触摸到它，我立刻安静下来。

荷 叶

从东走到西。三公里变成两秒钟。
一个人的脸上挂满微笑。
最新的研究成果是微笑比春药安全，
长时间大剂量使用，会使一张衰老的人皮，
变成谜。湖水浑浊的原因，
是晨跑的人扰乱柳枝摇摆的节奏。
你在荷叶上面练习冥想，
混乱比什么都有意思，
我爱你连说十遍，
变成栀子花开在隔壁家的灶台上。
逃到另一种节奏中去，
白色就已红透。
在微笑中，我们是任何人。
幽默感是小船摇向零乱的倒影，保持水的清澈。
好心情把世界缩小成一滴露水，
能完全溶解的，不被污浊的，
除了八九点钟的太阳，还有此刻的负离子。

雨正在下

老婆喜欢啃苹果。咔嚓咔嚓，
这个节奏让早晨变得安宁。
树上有几片叶子对绿色的理解，
多如我对羞耻的理解。
没人喜欢脸红。
但一张红着的脸让人觉得踏实，
新鲜，甚至冲动。
我一高兴就自动嚎叫，
初次听到的人有点紧张。
现在轮到你，用刀子啃苹果皮，
牙齿不能发抖，
那……那……那是什么，
疼痛化成一种声波塞满半个宇宙。
请把快感分解成颗粒状……

明 天

一个词消失在白云深处。
雨滴的一部分与你的猜测相当，
别去怀疑那些在夜间开放的昙花，
幽香与门栓互通信息。
今天变成昨天，
白蜡树影子刚好覆盖一片荷叶，
未来用水蒸气代替爱情，
我们进化成雌雄一体的异类。
橡胶树诅咒过的马路越来越宽。

雨下得大下得小都一样，
如果停下来停得太久，我不知道，
请让我抬起头，想一会儿。

雨滴在想象中比蜜蜂勤奋

在够不着的地方，翅膀是优雅的，
藏红花不打瞌睡。
一颗葡萄比星星多出两片叶子，
透明的夜晚有一股长时间的甜味。
我相信滴溜溜的眼珠子，
它看见云的方式一度落后于风，
高于手，但奔跑的样子可爱，
从凹透镜跳到凸透镜，风就停了。
黑暗默认部分器官罢工，
不影响春光一寸一寸被当成莱菔子掐断，
今天白灼。手和筷子的结合，
不如舌头与遥远，无意识是什么?
一片洼地，位于你的中指与食指中间，
下雨天别把抽油烟机打开。

此刻，蔚蓝（组诗）

秘密警察

杜甫的草堂为何瞬间变成一个窟窿。
我低下头，密西西比河上游的一只蝴蝶，
从压在《全唐诗》下面的画册中起飞，
她的翅膀在阳光下，翻开合上的线装书页，
一组对句裸露在庞德的眼中，
秘密敞开：一场暴雨令河水变得欢畅。
我双掌合十，仿佛蝴蝶停在手腕上，
此刻，问题把我搁在鼻尖，
几根稻草在河边飞起来，又落下，
风没有吹乱头顶上空一连串的鸟鸣。
我认出一只九头鸟，当它再次叫起来，
我感觉逮住了它。

它没有去过巴西。
去亚马逊河的冲动消失在一条脚注中。
十七个月后，一阵龙卷风钻过墙壁，
书柜背部的缝隙，渗入我体内，
霉味把思考界定在一面朝北的墙。
半个苹果被早晨啃光，剩下的一半，
站在一张餐巾纸上对我说话：
是时候了。它们合成一个完整的念头，
我说：吃过了，谢谢。
北风透过窗玻璃像一个不太负责的邮差，
说有一封你的快件下楼来取吧。
来自各地的多条线索，被一个门牌号码，
轻易锁定。如果你抬头细看，
有一只蝴蝶放弃飞行，停在你头顶上方，
把昼夜的更替和刹那间的幽光，
转换成一串数码，它们穿过被锁住的空间，
破译出疑团：秋风受雇于某个没有日期的邮戳。
这意味着一个拆开的包裹不是窟窿，
垃圾桶也不是，他们未能阻止我重新走进书房，
笔录开始：我只写过一个开头，是的。

小纸团

一页刚写下开头的纸被撕下来，
揉成一个小纸团，
引出一个惊雷：我闯入体内那片热带雨林。
无人在意此刻有一丝惊慌，
被键盘捕捉在一个废弃的词中：轻笔。
二叔两个弯曲的指头没有出现在额头上，
我无法删除这个词，
它是一块巨石嵌入崖壁，
砸碎仰望者的目光。
写作是低下头，看着一个个指头在黑键上疾走，
赶在一个系统崩裂之前，把自己逮住，
交给回声。它说出你历经的一切，
现在，转换成一丝微笑从嘴角上掠过。

小纸团如何变成一滴水，
从一片叶子跃向一块劣质镜片，
跃进一行诗——
我以为抓住了它的影子，
而它在风中飘荡，多年以后，
解密的信息，对称于一阵凉风。
一个人绕着自身的轴心转动，
直到把孤独搓成一个纸团，扔到麓山脚下，

等着，它自动张开，如同一张打印纸，
从硒鼓的眼皮底下溜向书桌，
有点烫手，又归于沉寂。
时间比碎纸机先进，它留下的完好无损，
交给你——凉风——环绕于大地，
接着写，就是这张纸。

疑点：父亲

二叔的两根指头和我的一支笔，
作为小纸团之父的嫌疑人，健在，
不能同时出庭：着急的是我，
如何对着一只乌鸦说出我的口令。
父亲，父亲。我抓周抓到你父亲留下的
英雄牌金笔，你抓到我，
一个奇怪的阄儿，皮包着骨头，
这是什么征兆？我的父亲是一根麻绳，
一端紧扣打谷机踏板的中间，
另一端把肩膀变成支点，他赢了：
独自拉动一个时代，在泥沼中前进一米。
贫穷的父亲，富贵的父亲，
都是一顶帽子，戴在同一根手杖上。
卓别林的笑声从西半球传到东半球，
不变形，你看见你的阄儿，
经过他的手心变成一枚野果，
任由星光落在上面也不吭一声。
它对称于一颗小矮星，椭圆形的父亲，
迈着狐步，跟上它。跟上。

疑点：两只蝴蝶

小纸团突然失踪。一个声称找到它的人，
在餐纸上画下鳞片，
五月的空气能拧出水来。
两只蝴蝶同时抓住一根枯枝，
一个说：咸，
另一个说：腥，
它们都不知道哪一片叶子
卷走了肇事者的令旗？
请允许我把自己想象成一个勇士，
来点儿石灰水，来点儿西洋参，
来，把酵母粉撒在活死人的脸上，
野草比胡子还顽固。你，扎着辫子，
银色西装套着一条苏格兰围巾，
上面有几只虱子的魂灵，
叫声刺耳，让人出虚汗，失眠多梦。
订书机说，它是一根失去弹性的曲别针，
夹不住硬骨头，
和一本用繁体字印刷的《野草》，
一只蜻蜓从里面飞出来，它有四个翅膀。
时间挣脱韵脚，新的节奏是在荒野上，
赤脚奔跑，没有方向。

疑点：蛹

在黑暗中奔跑的人，一张瓜子脸，
没时间搭理我们，
炭盆摆在堂屋中央，
取暖的人被寒意追着不放。
我，被监听，
被一只小小的蛹卷走，
变成另一个纸团。
由对称所释放的张力，扰乱人的心智，
没有一个脑袋是空的！
最新的说法是，第一个把酒装在靴子里的人
是勇士，他蒙住双眼，
打赢第六场躲猫猫模拟战争。
一只老鼠标准的鸣叫，压在右手第二个指头下面，
我想起母亲，把胆汁涂满乳头的是她，
吃奶吃到七岁的人，是我，
我正在把自己掏空，白色汁液洒落一地。

疑点：空葫芦瓶

喝多了龟蛇酒的人，眼睛眯成准星，
窗台比枫树尖矮一厘米。
先是一桌人消逝，然后是一整条街，
最后是他自己。回忆缠绕在银环蛇的影子上，
一堆碎龟甲骨拼出半个古方，
老家伙红光满面，我不喜欢洞庭湖，
没有一只海鸥，全是麻雀，把朋友送来的铅弹，
交给死神，我真是活腻了，
你不知道，每一根神经都已退化成钢丝。
掉下去的人，化装成麦子遍地发芽，
来，最后一坛，喝完就成了秘密。
这年头，指甲不能信任，看，竖条纹，
自动解禁十年前的信息，
跟上来，跟上来，各就各位。
能够做到的只有一块石头，飞过你的秃顶，
放心，没人敢触碰那个削尖的脑袋。
打开它的是意外——那把空葫芦瓶，
眯着眼睛：别烦我，没有！

疑点：蓝墨水

上游是一块虚拟帆板，挂在水墙上。
首个指令输入：借我三滴蓝墨水。
那时候，不流行打借条，也不会撒谎，
说出口的话，就会是米斯特拉型，
风不会被禁止，问题是如何理解一个翅膀。
它在水面上标出的红线，
偶尔在眼眶里闪现。风暴就是如果。
这个词从脑海中浮现，
如果——你知道，我会把这个异兆修改成
绝对纪录。相信我一定会登上这座小岛，
一颗星把你的滑行线路拉直，
远方把一块手帕染成纯蓝，
再借我一滴，就一滴，
我咬紧牙，仿佛什么都能压成一块帆板。
来吧，掀开那张用了多年的桌布，
挂在你笔挺的身上，一个问号拉伸桅杆，
漂流即审察：此刻，蔚蓝。

月光照着芦苇

那个把月亮作为反光镜的人，
在深夜疾奔，经过任何人的梦境不被烫伤。
他从死者身上取走钥匙，把失眠者
关在同一个时段，记住：黑色在身上涂抹七遍，
可摆脱一只电子狗的追踪。
我看见你从一根枝丫上掉下来，
蜷缩成一个苹果，咬一口，打开另一条通道，
请息怒，他是谁？他不是月亮村的公民，
原因是他打碎一面镜子，
把我放了出来。我什么也不是，
把怒火交给众人，甲咬一口，西红柿，
乙咬一口，火龙果。对不起，这里没有对不起，
只有画圈圈比赛：画得最圆可以免除死刑。
但活下来的都是茄子，土豆。
它们不会撒谎，
谎言就是在绝对意义上画出一个圆形，
令人着迷。我开始奔跑，
两只黄鹂消失在长江中下游——
一个有名的闸口：它拍下的照片被回头鱼
运送到每一个采风者的舌尖。

双桨把我和众多镜头绑定在逆光中。
老船工把一张空网撒进艺术家嫩白的手心，
没有谁留意到他把刚捞上来的小鳊鱼，
拿去喂狗。他们拿这些照片去喂猫，
不同之处在于猫的叫声撩人。
这不会增加我作为本地人的难堪，问题在于
那些赞美的声音像狗叫。
他们的底气在于看过芦苇荡一眼，
照片能够证明：按动高级相机快门的声音，
远不及一只野鸭嘎嘎吃着小鱼的声音。
关于芦苇，请随我来，
在一片废弃的钢筋货场，盘腿坐下，
笑过之后，就会慢慢沉浸在一种荒凉里。
你逃不掉。而我不想逃。
我会在新版仿宋字体中找出一行白鹭，
它们从沃伦的诗句中飞回来，
在芦苇丛中悄悄鼓动双翅。

理想的夜晚

我的理想是用月光把自身清洗干净，
一遍又一遍，
直到消失，不留下任何踪迹。
在那里接受凉风的造访，
你不存在，不妨碍我们用另一种语言交谈。
为什么是月光，而不是叶绿素？
那只是一种假设，万物隐藏在各自的反光中，
我只是我的见证。我的一切，
早已溶解在月光中，它把它收集到的信息，
还原成一切。这是一个理想的夜晚，
没有加速挡，没有刹车片，
没有鸣响的警笛，
甚至没有源头，那不过是一个普通的出口。
你坐在凉席上，望着四野的虫鸣和星光，
我问你什么在叫——你说：星星。

一股敬意从内心陡然升起。
我的脑袋靠近北方，
双脚沿着相反的方向，在南风中疾走，
我绕着自身的轴心旋转，
从未离开自己半步，
也不可能，我时时醒着又睡去，
东方隐约可见，一个邮差模样的人，
取走我的影子。我已没有影子，
也没有反光，它们被一个词锁住，
一个词打开另一个词，测出我的频率。
我是一个片刻。一次意外。
一阵风。从一个夜晚飞进另一个夜晚，
月光溶解在水里。漫长的雨季，
把我重新扔进一间小屋，
窗子向西面敞开，一阵雨滴猛击夹层玻璃，
我说：你好，谢谢！

有关《冲动》的说明

□路　云

编完《凉风系》、《光虫》两本诗集后，浩子问我：这是两本诗歌合集，还是两本书？这个问题令我一惊。事实上，两本集子已先于我做出回答，但当时还是有三个字从我嘴里迸出：两本书。

是的，它们是我译出的分类记录。为什么这么说，得从一次失事开始交待。2009 年 8 月 4 日，我编好的三本电子书稿，全都被小偷窃走。我成了它们惟一在世的亲人，正是这个重新确立的身份意识，把我从黑暗中召回，一个冲动随之涌现：找到黑匣子。

当然，冲动要求作为亲人的我，首先得正视这个事实。然后就是进一步学习，获取可靠的解码技术。前者，把我从悲伤中拉出来，我从中转译出一行诗，写进了给浩子的那首诗中：不是因为如果，而是事实。后者，对于我来说，不难，我原本从事的就是这个工作，但问题是，现在我的双手几乎拿不动一双筷子。更可怕的是那些文字，突然在某天早上，神秘地来到我眼前，任我眼睛眨上千次，它们都不飞走。我并不害怕，但还是去了湘雅。给我看病的女博士说：这是玻璃球浑浊，目前没有任何药物有直接疗效。我说：能不能给我开一两瓶眼药水，安慰一下？她依然干脆地说出两个字：没用。

附三医院离我家不到一公里，我差不多走了一小时。内心慢慢冒出另一个冲动，我耐心等着它，变硬、成形，然后推开家门，一个人在凉台上抽烟。来吧。问题是我亲手造成，长年不把身体当一回事，失眠，彻夜看书——当然得由我亲手来修复。而这仅仅是一个温和的提醒，接下来可能失明，多少有点恐怖。还好，多年的失眠，早已把我的剥离技术训练过关，飞蚊症是飞蚊症，恐怖是恐怖。事实与观念，两者难以在我这儿交叉。

接下来，我开始了一系列调整，自觉，默默进行。原来，我对长沙最熟悉的莫过于凌晨的洒水车声，而现在一到十二点，我就开始上床，训练观看天花板的不同视角或者冥想。时而有字幕闪现，但我咬着牙，不下床。得遵守与自身的约定，那是第一位的。当然，少不了麓山的配合。它在我家对面，推开窗就能与之对视。出门下楼，爬山回来，这构成一个精神上的回路，脑袋作为灯泡，重又照明。衰弱的神经并不绝缘，而是相反，过于敏感。

现在两个冲动，轮流发电，确保这个灯泡不至于熄灭。修复系统性问题不能关闭系统，在一边瞎折腾，作为一个修理工，我坚持带电操作，老老实实，几年下来效果明显，《凉风系》和《光虫》可以作证。凉风来自身体内部，肉身一如自然，如果山清水秀，鸟语花香，则必有凉风吹来。借此，个体生命获准进入系统，标明各自的运行轨迹。光虫，基于此身作为接收塔和发射塔两者的合体，将不同时段的频率转换为一个形象。所谓当代性，无非就是采集此类第一手信息，而压根儿就不是什么观念的变形，或某某大师的影子。

它们活生生的，如同春上的蝌蚪，游于田亩之中。感谢它们，继续带给我冲动，让我恢复到七年前那些自由的日子，秘密潜行。我喜欢这种状态，乐于把这些点滴记录下来。这里刊出的诗，归结为《冲动》，同样是对第一手信息的直译，是不是下一本书，不管它。我得再次感谢小偷，感谢那个冷冽的女博士：包含在行为和言语中的决绝，助我彻底进入冲动之中。Z

原创阵地
ORIGINAL SECTION

仲诗文　秋　子　刘　岳　高　梁　米绿意
马端刚　张　琳　寿州高峰　林　珊
幽　燕　莲　叶　宗小白　伊　岸　何小龙

祖国

（外三首）

仲诗文

我把繁星下这块土地叫祖国
我秘密的爱来自潮湿的水洼
一窝窝树丛，低矮的房舍，不被祝福的灵魂
和一片片空地

我获得的安宁来自隐忍的土地
肥实的牛羊，健壮的小子和一小杯米酒
我轻轻挪动脚步。夜空里
我的祖国没有愿意被我打扰的生灵

提着马灯的老人走出屋子，看见了我
不停说：你好啊，你好啊。我点点头
能有什么不满意呢？一茬一茬的
小子们又长大了，心爱的姑娘已娶回家

生生不息作为大善，还有什么可说的呢？
土地刚收割完毕。我要祝福那些即将被埋葬的
每当这时，我总告诫自己：好了，马上就好了

光　斑

我的小马驹是白色的，每天
它都要跳进光里，到外面跑一圈儿

再回来，啃那棵安静的小树丛
小马驹背上的鸟儿是蓝色的，我没有想过要得到它

我的鸟儿有点儿灰，像个流鼻涕的
傻孩子，专注着老蚂蚱沮丧的样子

我的脚指甲太长了
我的小黑羊，它跟着我

我头晕脑涨
我的小黑羊，它要跟着我

我那个爱吃肉爱饮酒的朋友要来了
我的小黑羊，它要跟着我，跟着我，跟着我

小马驹还是快乐的样子
山坡还是寂静的样子

芦　笛

自从有人活生生把我从芦塘砍下
我就拥有了一副忧伤的嗓子
田野是美的，山川也是
低着头，慢慢走没的是人
晚风中的庄稼、炊烟与孩子
你们是良善的一切，不需要我来赞美
肉中之刺，失心之人
你们是痛苦的一切，也不需要我来宽慰
我宁愿，没有人听到过我嘶哑之音
万物也没有触摸过我的灵魂

沙砾之身

我不知道，为什么会恐惧
我的心为什么不在胸腔里
他们说我没有前途。对极了，我没有前途

我喜欢一个人在小路上，慢慢走
我喜欢树枝上鸟儿们那种明亮的眼睛
我喜欢小动物的疤痕，不动声色地愈合
来吧，我告诉你：
我是快乐的，也是痛苦的
我滚烫也冰冷

风吹树

（外二首）

秋子

你有没有，像我一样，等待风
不知道从哪个世界吹过来
整片森林都和你一起等待
像我一样，看高高的树冠
摇曳着，它们亲吻风的样子
是盛大的，隐秘的
你有没有，像我一样，听风
吹树的声音，无数细小的光
跳动着，赞美诗安静地吟诵着
你有没有，像我一样，怀抱着
落叶， 再也分不清是风带来的
还是树，带来的
你有没有，像我一样，回到人世
身上带着
被吹过的痕迹

我看到有人带着翅膀在这个世上行走

这个世界上的大多数是凡人
但有时候我能看到天使
真的能看到
他们有时候会长出翅膀
当他们凝视一朵花心生欢喜时
当他们俯下身亲吻一名婴儿时
当他们精心为爱人准备晚餐时
当他们闭上双眼在胸口画着十字时
当他们在自己的葬礼上面带微笑时
当演奏者沉醉在声音里忘记舞台时
当舞者安驻在肢体里忘记世界时
当写作者，泪流满面时
天使就出现了
翅膀会在他们身后，轻轻绽放
他们会变得轻盈
有光，在他们头顶，一闪一闪
我看到了这一切
我看到透明的翅膀被世间的各种光，折射出各种颜色
我看到最美丽的翅膀，长在孩子们的身上
它们是粉红色的，带着孩子们满世界飞
所以他们从不觉疲惫
我从来没有看到一个人长久地，背着翅膀
美丽的翅膀总是忽隐忽现，张开了，又合上
时而光明，时而黯淡
有时候消失了，就永远消失了
有时候，翅膀刚刚张开，一个人就离开了人世
人们睡着了，翅膀轻轻地合上，替他们驱赶噩梦
病人们躺在床上，亲人背着翅膀走进来，病痛就会，
  减轻一些
而病人浑然不觉
在人群中，我总是能发现那些，背着翅膀的人
有时候我想象着，在阳光下，所有的翅膀同时绽放
生灵们全都轻盈飞舞，多么美

光

青草地上有光，那青色的光，弥漫了整片树林
那光中可有什么在降落？
可是在演奏安魂曲？
那深不可测的水，如此静谧，是为了藏下邪恶？
奔跑的人停下来，看着对岸，满怀恐惧与爱意
没有生灵在此刻安睡
没有一丝宁静
加入到更大的宁静

修女

（外二首）

刘岳

早晨的阳光舔食女人脸上充足的水，
在她隆起的坟上，寂静像铜
的下沉。

一种经书般古老的颜色开始减弱。

她的近视眼镜里，有一只
圣像的手，
指着——

什么也没有。

小城的早上

他醒着，脊背上长出霜
他没有敌意

一些人分居在道路的两侧
准备再一次弥合。生活是这样的：
男人将长长的绳索伸进女人痛苦的水井
仍无法救赎

而他搓着手
像一个吃饱了重新回到阳世的人

火车在城外开动的时候他才会颤抖
载着一些人。他的身体吃力
而僵直

但他确实很困了

他熟睡的时候，脸上
没有睡意

那 时

我已经无法递给你一根烟了，
没有关系。早晨还早，依旧是以前的样子，
你可以坐下来。

如果是春天，就非常遗憾。
归来的人重新回到路上，他们悲伤的嘴唇
水泥台阶一样茫然，僵直地
弯出一丝嘲笑。

饭馆里的女人
讨论着钱。

世界各处的面具都挂在荒凉的墙壁上。
还有梵高的书。
《道德经》。

我在梦里见到一个干净的孩子，
没有了——

我没有看你。此刻你已是独自一人
坐在我的房间里，
想起我一无所长。但是，
我死在秋季。

而你跟我是如此的相似。在你离开时
摘下我的面具，
关掉灯。

再也不会有人来了

（外二首）

高梁

再也不会有人来了。大雪落满了峡谷
松树的树冠，像简易的凉亭
道路也被覆盖了，无从辨认

连鸟鸣也被压住。这孤岛像从世界退出
空气鲜冷　我在院子里劈柴
生木有着粗糙、呛鼻的香气
劈到半途，我脱掉衣裳
你转身回屋，做饭、温酒
在草木灰中烧土豆

再也不会有人来了。傍晚的白雪泛着
清幽幽的光。炭火映红了脸庞
喝酒喝到我微醺，你的身子绵软

再也不会有人来了　我们可以
想干什么，就干什么

草　籽

衣兜中掉出一粒草籽
我叫不出它的名字　我没有捡过它

它在衣兜里，说明不了什么
对它的命运，我并不关心

我们之间，没有象征
不存在隐喻　我随手就把它放在一边

一整天，北风呜咽　茅草在天上飞
我在乎的事物，越来越少了

这一天，就像多出来的一天
我翻找什么，在翻找中，却忘记了

葬　礼

安顿好逝去的人
众人陆续从山上下来

深秋里没有蝉鸣
陌生人太多了　门洞里的狗懒得叫唤
流水席摆开　众声喧哗

压住死亡带来的沉闷和无力
喝醉的男人被搀走
摆着桌椅、餐具的地方，空了

路上的行人在减少
晚霞就要消失

归化寺的和尚，穿着土黄色僧服
像个孤儿，走在村外的路上

哭声

（外二首）

米绿意

经过的人被声音的真实性吸引
她抱着孩子坐在紧闭的窗前
拉开的窗帘没有挡住阳光
照在她的背上这低级的嘲讽
给扭曲的脸更多阴影
她抱得很紧，那小小的身子没有呼吸
在胳膊里一动不动……不久前
她和医生充满信心地讨论血和病型
哭声有一种磁力，人们在门前驻足
但不会停留太久，那是
不礼貌的行为。当你终于把悲痛
毫无保留地表露，好比一位纯情少女
被迫在人前脱得一丝不挂
好人瞥一眼侧过脸。真实的悲痛
需要一份尊重
需要我们显得更卑微，因我们仅有
一件薄衣蔽体而不能脱光
对真实的失去我们心有惴惴
无以安慰

因此母亲体内的母亲也停止了呼吸
在另一个现实生活中，年轻的母亲死了
孩子活着，那哭声就一直在孩子的体内响着

二十年后

只有承认才令我感动
它包括但不仅仅是——赞美
而是把我的每个缺陷
罗列得那么清楚
因为这才是行动的接纳
至于二十年后
我们一定看完了一千场电影
我有多老？我无法告诉你
是害怕还是已经
接受了现实
但会记住这句话：
“你的诗和你的人一样美”
我希望那时候不必加上
“曾经”二字
——而我的诗还充满爱情
即便像我，长满皱纹

结尾曲

是要穿过胸口的那块巨石
它不来自音乐的瓦砾
也非人类史的土屋，虽然说起国“家”
我的记忆
便也扬起如烟的尘土

一间屋子，它的地基和火墙
被熏黑的房梁、高处的烟囱、低处的
蛛网和耗子洞
藏着什么秘密和财富？

我在老屋的旧址穿行中
拼命地——用消失的物件填充
而无法停下
我惟一能对付的感觉只有疲劳

镜像：江南

（节选）

马端刚

1

夜色降临，桃花潭
雾气与灯火从青弋江升起
宁静，安详
是相遇，也是离别
浩荡的秋风，汹涌而来
大片大片的泪水照亮了寂静
四散的影子，乱了岁月的宣纸
秋埋伏在一朵桂花的背后
万村老街的许多星星无处安放
半个月亮捅破了孤独的窗口
白鹭的鸣叫，回旋在一场梦里

2

你要相信，分别的时候
未带走一滴水，一轮月
还是夜，想到的你轻轻荡漾
借助秋风，心动了一次次
云朵，山川，在时间的煎煮下
从乌兰道到平江路，被虚无的想象埋葬
来来往往的瞬间，塞外江南
在身体的小桥流水处长满了荒草
午夜，一声接着一声呢喃软语
照亮了太湖水的涟漪
寒山寺的钟声悄悄爬上了身体的庙宇
一朵花芬芳了另一朵花
从一个夜晚到另一个夜晚

3

多年后，面容苍老的时候
坐在自己的影子里，一层薄雾
密林中的江南，一朵朵重生的莲花
随着黄昏吸吮着残留的温暖
不断降温的阴山，长出一枚寂寞的果实
以一场雨为结果，深秋加速晦暗
快乐已被吹落，带来木芙蓉的呼啸
前生的遗址，无法阅读到虚构的雪
可知道，这世间生离死别在洁白的宣纸上
你的苍老能否追赶上你的年轻

4

在夜的深处，在一块玻璃之间
风吹过时，扼杀着一张信笺上心跳
一池残荷，一堆落叶
是零落成泥的歌，是桃花潭流淌的悲伤
一双眼潜入一颗心，消失的古色走进了祭坛
茶香的氤氲，萦绕着一个人的悲喜
寂静依然，秋雨经过就变了模样
青瓦白墙在你的山谷里躲藏
心事用静默的节奏道出了爱情的秘密
仰望时，明月轻轻走过了窗口
谁还在讲着青春的旧事

5

一些桂花在青弋江盛开了
一些树叶在秦长城凋落了
一朵朵白云，飘过草原
起风了，桃花潭的夜涌起波浪
一颗潮湿的心穿越了整条街巷
潜伏已久的想象，发出滴答的声响
慢慢靠近，忍不住的雾气
从身体里降落，聚拢分散
均匀地泼洒在青瓦白墙上
剩下的秋天是一道道虚幻的涟漪

辜负

（外二首）

张琳

流水远去，我辜负了那一群燃烧的浪花
桃花又开，我辜负了它千万年的美丽。
今夜，月亮接近圆满
原谅我，辜负了它迷人的光华。
大街上人群汹涌
我辜负了他们带给我的感动与回眸。
一个人
要活到多大的年龄
才会懂得爱与忧伤。
我辜负了我的二十三岁，二十四岁，二十五岁
我是否还将辜负我的一生？
这是一个早到的春天
我能不能像一朵海棠怒放
不辜负这一次次拥抱我的暖暖光线。

面前的月亮

这不是博尔赫斯的那一只月亮
乙未年春天的月亮
像埃利蒂斯那疯狂的石榴
当我用键盘敲下
两个字，月亮
从四个海面同时升起
仿佛生老病死
仿佛悲欢离合
仿佛一个人
站在十字街头，有温暖
也有寒冷，我抱紧一颗心
让夜色蒙上眼睛，五里外有兰花
凋落，十里外有河水南流
百里外有人走出出站口
千里外有群山静默如诗。
我背对月光坐在院子里
仿佛往事一片明亮。

晨光颂

他像一只羚羊，健步带来
林中渔网般的晨光。
松木的清香
时常飘散在青草之间。
他招手引来成串的鸟鸣
蝴蝶和蘑菇，他坐在一棵银杏树下
用树冠为自己加冕。
几十年了
他的木屋上爬满了松软的苔藓
除了落叶，很少有什么
光顾那儿。木屋内
堆放着不少旧报纸和大量的寂静。
他喜欢读旧报纸上的新闻。
他喜欢在寂静中
读发生在多年前的一件事。
晨光涌在门口
鱼贯而入。
这一次，他还是戴着老花镜
坐在自制的藤椅上
——报纸摊在眼前，但眼睛再没有睁开。
晨光抱着他，像一个熟睡的婴儿
终于被放回了摇篮。

池塘

（外二首）

寿州高峰

我的先辈们
用铁锹在房前屋后挖了一口又一口的池塘

树枝将头颅垂下去
牲口将头颅垂下去
我和妹妹将头颅垂下去

在水中，我突然有了羞耻感
不担心遇见一天翻越七十二口塘的水鬼
担心岸边可能被人挑走的小小裤衩

淤泥是我身上成筐掉下来的灰垢
我向淤泥致敬
它不会糊住我出气的口鼻
它生出清纯的菱荷

初 夏

毛桃落了一地
青杏也落了一地
要是被埋进土里的奶奶看见
会心疼死了

村庄鸟鸣依稀
闷雷又隐隐滚过头顶天际
蛙声让无眠者起而恫吓之
萤火虫如万千鬼火
卑微者都活在自己微弱的光亮和微弱的声响里

我的父母坐在井沿上
泡糯米，濯箬叶
几十年前，他们私自定下终身
又分别诞下几只幼小的饥饿的虎狼

花 生

旷野，一粒花生裹在
一块土坷垃里
像无人知晓的秘密

秋天是一层层剥开的
大地混为一色
村庄又远又小又静，人影稀疏
种子老去，种子还没出生

一阵急雨飞来
非常局限地往下砸
砸在土坷垃上，滚动、裂开
襁褓里露出婴孩多皱的额头

麻雀目光坚锐
不放过任何细节
让人心里发紧又发酸

怀孕的土坷垃
秋天是剥开的，
娩出我和春天一起发疯

途中

（外三首） 林珊

行至途中，我央求他停车放我下来
呈现在我们眼前的，是一条林荫小道
幽静，苍翠，寂无一人
路边的石头房子
只开了一扇小小的窗户
成群结队的蚂蚁在沿途奔波
麻雀在草丛里放弃飞翔
——但这无一为我所有
我所拥有的，只是在推开车门时
站在树荫下，那片刻的眩晕

紫 薇

我在傍晚的时候
坐在岸边看她
夕阳落她也在落
整个过程恰似一首挽歌
挽歌的低音部分
应该有微微的颤抖
应该有说不出来的悲伤
应该有欲言又止的沉默
应该有一个女人站在新掘的墓地
万念俱灰的样子

应该有一场突如其来的大雨
——打湿燕子的头颅
淹没蚂蚁的去路

她

我决定去看望她
途经的路上，翻过几片寂静的松林
穿过一条汩汩的小河
就到了她的家

她在灶膛前忙碌
没叫我留下，也没让我离开
她没有问起她爱过的任何人
没问起我的母亲，兄弟，或是姐妹
她只说后山的板栗就要熟了
新栽的葡萄又抽出了嫩芽

起风了，我站在翻滚的暮色里
抬头看到空空的房梁
忽然泪如雨下

南普陀寺记

我相信这是真的
——云在山里，佛在庙堂
天空的眼神多么清澈明亮
道路弯延，没有涟漪
僧人的长衫刚刚掠过一缕秋风

我看见乌鸦和喜鹊
同时落在弯曲的树枝上
泉水一波一波漫过我的脚踝
小松鼠停留在某一个转角处
扭过头来呼唤我的名字

哦，菩萨。请赐予人间良善
请佑我一世安康

一整天，我和自己杳无音信（外三首）

幽燕

一整天，我追随一株漫游的水草
把嫁衣穿在别人身上
一整天，我反悔过去，忧虑未来
找不到合适的针脚缝补开裂的心情
一整天，我和我杳无音信
仿佛一封投错地址的邮件
我喂喂的喊着自己
仿佛一片阴影喊着另一片阴影

上班族

早上被占领的依次是：公交、地铁、电梯间
一群提线木偶占领键盘和光标

秋风占领了树梢，这么高的蓝天
什么开始发芽，又任其腐朽

此时谁在板着脸，彼时谁将弯下腰
向上者的套路，是一圈一绕攀爬的心思
快与慢都不畏惧

务实的人间暗含讥讽：哪里有星空和鸟鸣
不过是众多被占领的账单：套牢的股票、房贷、
养老金
不过是面容模糊的你和我
你的心占领了我，又离开了我

开车在路上

多像奔跑的虎豹，长着啮噬的牙齿
多像刺猬，挤作一团却不能彼此拥抱
我是过江之鲫中的一只
被限定在无数个迷局中
我有变形金刚的铠甲和深藏不露的面具
有谦和的本分，让过插队的企图和心机
也有不明就里的路怒
抢道，占位，脱离安全带的绑缚
傍晚的城市雨过天晴
有人加班，有人约会，有人赴饭局
我被堵在路上
既不能腾空而起
也不能弃车而去

一个人的旅程

真快啊
那些叫不上名字的小站
“嗖”的就被列车急促的内心省略掉
连同那些细碎的斑驳
和永不再降临的眼神
车窗外，饱含雾气的华北大平原
正布展单调的冬日画卷
车窗内，我有一小时二十分的孤单
此时，我静默的身体缓缓开出一列慢车
回旋着爱人的密纹唱片
小女儿蓬起的短头发
遥远草原上我久久惦念的风声
他们是我快时代的镇静剂
是我日日反复吟诵的箴言
我在他们各自的站台停靠
又在他们的叮咛里
一次次出走

我从未说出对万物的欢喜（外三首）

莲叶

无常永不可说
有些哀伤，是那个唱歌的少年
被秋天带走，化成青烟

谁一声轻喟“生死有命……”
草叶上露水很重
有些野花在开。有些野花在萎

而清风依旧
一只灰黄相间的雀子
飞在云天下，那么轻，那么美

突然下起了小雨
风从容地过。我认真地活
——我从未说出对万物的欢喜

月亮在前方升起

双掌合十的妇人，手指修长
手指修长的妇人，有张酸楚楚的好脸

我不敢走得太近
听寺庙前树上雀鸟叫

妇人提着裙角跨过门槛
她的钻戒有些晃眼

往前走是小城别墅群
路上车辆扬起灰尘，裹挟着尾气

路边鸟飞远。鸟闪光的羽翅
安住在晨钟暮鼓里

再往前，天黑下来
月亮在前方升起……

所见

春夜。迷离
街区麻辣烫
一锅子的卤水不断翻滚
洋芋串、海带丝、鸡翅、火腿、鱿鱼……
吃麻辣烫的女孩
描蝶贴花的手，缓缓拿起火腿的手、拿起鱿鱼的手……
让春风穿过
在离麻辣烫不远的地方
一个老人
捡饮料瓶子的手，捡纸片的手……
让春风穿过
“天上人间”
一片霓虹的光影，明亮
歌声一阵一阵飘过上空
覆盖着老人蹒跚走远的背影

良子

良子就站在离巷子口不远的地方

远远的，老电线杆上，麻雀起起落落，在黄昏里继续
良子看着它们。也看细细的水杉叶子轻轻地飘落

薄雾升起来。我看见良子扭动着腰肢
走进城乡结合部的出租屋

这个傍晚，我想偷偷告诉你
良子面无表情的脸，守着寒夜，会开成花朵

野花

（外二首）| 宗小白

不知名的野花生长在道旁
风一吹
它就点点头
再一吹，它又点点头
它见的风
多了
没有哪阵风
吹倒过它

倒是那些风
吹着吹着
就不见了

都灵之马

一整天没有推开门
走到井边汲水，或是劈柴，生火
把昨日吃剩的土豆倒掉
再煮上一些新的

窗外肆虐的狂风
把路过的吉卜赛人远远吹走了
我双手合掌
开始低头祷告——

此前，尼采的朋友
城里人布雷尔来过，喝光了一瓶巴林卡酒
临走时，还像个清醒的人一样宣告
上帝死了

没人同他争论，枯瘦如柴的都灵之马
在我身体里困着
时间高高扬起鞭子
天黑了——

那一种黑，柔软而粗粝
随意涂抹在墙壁、窗棂
和我发涩的眼睑上，使日子看上去
每天都像是一样的

邀 请

我有一条围巾，很好看
多年前地下商铺
记不得和谁一起买的

如果你愿意陪我
在傍晚，沿着长长的长江路
慢慢走上一段

直到夜雾吞没所有星光
直到你我所有的故事
都已讲完

直到天地一片阒寂
万物都沉浸在各自的忧伤里
我就将那围巾解下
展开，让它迎着潮湿的夜风
在你我疲惫的眼中
飞上一小会儿

黑白分明

（外二首）

伊岸

她活得洁白
行走在云端的笔墨
黑白得恩怨分明

她认定的世界也非黑即白
月亮黑白分明
桃花黑白分明
她咬碎月亮和桃花的发音也黑白分明

她把白做成身上的羽毛
她合拢哀伤
藏起羽毛下一个个千疮百孔的夜

向黑白不分的人间
抬起黑白分明的眼仁

爱是一个有毒的字

一个字在我命里绝尘而去。
它落入我的红尘
兴风作浪
把我杀得片甲不留。
它的千娇百媚是索命的妖孽
对我回眸一笑。

一个字，阴魂不散，
把我变成它命里的一个字，
在另一个人的命里
阴魂不散。

它像一个人的名字
长驱直入，
横扫我的江湖，一统我的江山。
它是虞姬命里的项羽，
是她命里那把割喉的剑。

呵，在命里
绝尘而去的一个字，
不着一痕，却满纸血泪。

他俩的白

他移向她的白
似云若雾
让她坐进白茫茫的愁里
凝望瘦成白骨的流年

她移向他的白
剪裁得考究
有旗袍的端庄、白锦缎的华丽
是他命里的一场雪、一道结霜的伤

他渴望在她的白里兴风作浪
她渴望在他的白里波涛汹涌
他俩的白，却抒发月光的怯弱和刀光的柔情

若给白染一点红
他将为她摇曳一树胭脂的桃花
她将摘两朵桃花的胭脂红——
敷在爱情苍白的面颊

敬佩一只猴子

（外二首）

何小龙

车站广场，零零散散围了一些人
原来，有一个黑脸膛的中年男人
在这里耍猴
他一手牵了三只猴子，一手持一根棍子
喊着话，让猴子做出各种蹦跳、作揖的动作
有一个节目是：他举棍逼迫一只猴子
拿起一把刀去杀另一只猴子
要被杀的猴子，吓得伏地缩起脑袋
但这只猴子举起刀，并没有去砍同伴的脑袋
而是向那男子砍去
惹出一片笑声
我不知道这是否是耍猴人设计好的情节
忽然对这只猴子心怀敬意
——颠沛流离的生活
并没有泯灭它体恤同类的善性

每个女人的身体里都藏有桃花

每个女人的身体里都藏有桃花
并会适时盛开，这与季节没有关系
与年龄也没有关系

桃花开不开，取决于女人的心情
有的女人很年轻，身体里的桃花已经枯萎
或者说，提前终止了开花的欲望

有的女人活到老，身体里也会春风鼓荡
催开朵朵桃花，如七十多岁的杜拉斯
她绽放的桃花仍然让年轻的情人扬·安德烈亚吃惊

与一匹马相遇

下午三点的阳光依然灼烫
一圈跑道边，几只懒洋洋的花翅蝴蝶
躺在晒蔫的草上打盹
一匹马的等待很执着
它水汪汪的大眼睛向我发出呼唤
多么柔情的眼神，我的目光稍稍碰了碰
心就猛然颤动了一下
我是有过片刻冲动的，因为胆怯
还是没敢让它驮着我去驰骋
去颠颤，在冒险中将男人的激情释放
这匹马目送我离去后
只能用留在跑道上的一些
深深浅浅的蹄印
安慰寂寞的心

实力诗人

STRENGTH POET

梅依然

李云

唐新果

李成恩

袁同飞

储慧

曲近

颜溶

赵桂香

舒丹丹

梅依然的诗

MEI YI RAN

赞美诗

1

松树在我穿着黑色马丁靴的脚下
飘流
风鼓动我红色的裙子
我的头发沿着风的道路移动
黎明的阳台如同一只小船
载着我驶入清澈的时光
远处，是我值得信赖的田野

2

躯体如一棵开花的苹果树
沉浸在金色耀眼的光中
离开肉体沉重的港口
思想像一头被放生的羊羔
为能够在冬日的草场
自由地吃着青草而喜悦
这转瞬即逝的事物
同我一样需要一声赞美

黑　夜

夜晚，降临
我邀请你进入我布满梦的空房间
你将作为一枚钉子
钉进这个灼热的地方
行使你的权利和义务？

灰白的光穿过弯曲的门廊
在我们头顶闪耀
爱吗——
以一个男人和一个女人的方式结合？
我们的油脂在自身的欢愉中
燃烧、吠叫

此时，没有什么
能够占领我们的嘴唇和思想
除了悲伤——
我们如同一块红地毯一样铺展
任凭那些有形和无形的事物
反复碾压

冥　想

我们等待一个声音将我们唤醒
喂我们以血液
我们拥有爱的力量

黑色古老的挂毯上
缝补着星星和月亮
白色的光钻进了我们的帐篷

我们打着滚
深深地埋进彼此的身体
探寻“存在”的真理

当我们在一块林地栖居
只有我们
只有你和我

我们把时光
分成男人和女人
从不混淆

阳光。风。虫吟。
甚至响尾蛇嘶嘶的低鸣
穿过我们腐烂的骨头：
生命——爱——永远。

祈　祷

我制作一个画框
把自己装进去
修剪掉时光阴暗的部分
——我披着尼泊尔银色大披肩
去看望我少女时代的朋友

微风吹拂我们黑色的头发、白色裙子扬起的田野
薰衣草紫色缠绕的梦——

梦，有十根手指
十只脚趾
像我们一样：
我们已经习惯于用自己装饰自己
常常带着我们红色的旅行箱去旅行

无名的旅馆
缺少关怀
缺少欢爱
——我们始终在我们爱的人身体里活着
这是我们的必需品！

惟一性

对于我们
时间正在死亡

太阳抛出无数条线索
你想抓住哪一个

我的乳房在你的手中
被捂得发烫——这是婚姻最初的模式？

母亲建筑了一座迷宫
我是她生命的一台关键设备
"我是谁"
"我为何而来"

生活是一个大设计师
将我们齐整整地摆放在家庭的位置

父亲和母亲
妻子、丈夫和女儿

这个世界多么具有喜剧性
我们如此而活
却不知自己最终将会汇入哪一条河流

幻想曲

我端坐窗前
风从窗外路过
拖拽我如玄武岩般沉重的肉体
去没有站台的天空飘荡
精神的云朵在涂满红颜料的谷仓上方
注目徘徊
那是我祖母渴望奋斗的地方
然后——
我走上一段用鹅卵石铺垫的道路
路边是形式各异的事物——
它们是盛夏的果实
悬挂在我明亮又黯淡的瞳孔
是我失散多年的童年
一幢在水上漂流很久的房子
又像失恋的黑天鹅
独自穿越我南方与北方的湖畔
是孩子们堆砌的沙山城堡
瞬间就崩溃
它们犹如军队
穿过我鲜血盛开的河流
抵御痛苦与快乐的双重背叛
其实，它们是我的生活
死死纠缠在我易感伤的纤细茎叶上
它们摇曳多毛的头颅
喃喃说：
我终日茫然不知所措
像一台磨合中的发动机

节制地运动着
你，要像做爱一样对我具有耐心

冬日之诗

我装扮成雨停驻在十一月的草场
整日倾听风吹过原野
敲打牧羊人失眠的房子
如逝去的祖父终日敲打铁
溅出一颗颗的火花
我为此而欣喜

动物们，开始冬眠
肉体，一件完美的衣服
遮盖了我们脆弱的心灵

黑夜坠落在我红色的亚麻长裙
月亮像一枚古老的银饰
悬挂在女儿蓝色的窗台
枞树、槭树、松树、桉树
支起星夜的帐篷
我们彼此爱着的躯体
可以去更深远的地方

我曾迷恋上紫黑色的桑葚
那是在夏日
而野草莓却疯长在春天的田野上

每一件事物都有自己的历史
并满怀善意
当一条河流静静地穿过
我们会爱她圆满的河床和光洁的鹅卵石

边　缘

深蓝色的海水
翻腾不安
我们难以成眠
月亮的面孔
像一块大奶酪
飘浮于夜晚的窗台

不谈政治
不谈经济
也不谈婚姻生活

我们无法明白：
一个男人与一个女人之间的这种
对立的姿势是如何形成？

这危险的行为
不在我们的控制
范围

月亮来了，又离开
独留下一个巨大的空洞
——我们获得永久的孤独

在阴暗的天气里看一个女人发呆

阴暗的天气
左右了一个女人的全部情感
她小心翼翼地
坐在从绿色中透出一些黄色的窗台前
紧张地盯着那里——
一个洞穴，幽暗
那些不安的事物随时可以从里面爬出
她抿紧嘴
双手来回折叠在一起
像一架飞机的双翼
为接受第一次飞行任务做着紧张充足的准备
其实，她渴望自己
是一辆产自海湾战争年代的美国重型坦克
她起身跺脚，似在制止什么发生——
用脚的履带碾压后
那里将没有惟一的生者存活

李云的诗

LI YUN

当然我是扈三娘

终于，我的双刀弃我而去。
我醉在他的眼底。那是我们一生中
最为贴近的一刻

那一刻，我情愿败在他的手上
我也愿意死在他的怀中
当然，他是林冲

他眼中的湖水袭来，很快
又退了回去。一场不真实的雪
横在我们中间

后来，我是谁谁的义妹
我是某某的妻子，我是粱山上的女英雄
哦这些，都不重要了

只要有他。只要每天感觉着他的存在
就已足够。我会死的
死在与他一起征战的路上，这已足够。

他清瘦的脸，深沉的眼睛
他望向我时，如火，照亮了我的夜

他照亮了我所有的黑夜啊
在山上，我宁愿成为永远的哑美人

悲伤的海

多么凶险啊，它是摧毁一座海洋的船只
可是波涛滚滚的大海啊
那却是我一颗不安的心
在暴动！是我身体内的钟声
搅疼了我的白天和黑夜
许多个夜晚，我也只是紧紧地
摁住了一粒火种
可是神的怀抱在哪呢
那些个船只，如何摇晃了一座大海？
大水又一次把我吞没
我们冲谁呼救？我们彼此也仅仅想要一千次的爱抚
一万次的情话……可是亲爱的船只
一夜夜横行在海上
搅翻了一座海洋的浪花
那择路而行的月亮，与我各怀悲伤

理　解

一些叶子飞起来，一些叶子落下
一些悬空。我也是一些叶子
现在我需要紧紧地
收拢翅膀，我知道我们都被生活囚禁太久
那些张扬是本能的，但又
多么无意义
——世界属于我
又不属于我，那些高处的和低处的叶子
都要回到大地。
最后一次，我融入时间的河流
无所顾忌

雨　水

雨水不息。雨水在彻夜追赶着道路
而道路后退

此刻，谁在与我彻夜谈论道路和人民
是今夜的雨水
是彼时的他们

而沉默的哀伤的，这黎明的前夜
蝼蚁和草民
各死各的

只有雨水大声喧哗
只有雨水在把黑夜淹没

故事里的摇晃

我来复述一下吧。昨天的故事里有马
有日本女孩，有东野圭吾
有枪声，有爱

可是爱这个字多么沉重啊
我们从不敢说出。我们只说喜欢

喜欢多好啊。它轻轻的，淡淡的
有点疼，但它多是牵挂之美

哦昨天，因为牵挂
我无休止地听着蛐蛐的叫声
无休止地把爱还原

我远远地活着，我们都远远地活着
其实我们的距离，也不过一列高铁的距离
但我迷上了一种摇晃

永远都不要抵达啊，我说也不必抵达
哎，每天摇晃着多好
我们每天都这样摇晃，情愿一生啊

回忆寒山寺

那是年代不详的某个夜晚
我们像传说中的竹林七贤
反复谈论着魏晋风骨
而雨水
更像一种教育
反复敲打着瓦片

我俯下身，看见那些蝇头小楷
也是疼痛的
它们牢牢地抓住我的哀伤
抓着你的愤怒
在浮世的回声中，我们的心
轰鸣着多少不安

多年之后，我反复提到那场雨水
提到某个夜晚
那时我们正斜靠在山寺的矮墙上
看着更蓝的天更绿的树
——那时的我们
幸福安静，一对从春天飞来的白鸟
衔来尘世的爱情

良　宵

曾经，我用一座海洋的浪花迎接你
你用笛声把我塞满，那幽咽的

如今是散文的雨，滴落在窗外
有那么一刻，细雨轻唤

身体里就开出了一小片紫色丁香
哦今夜，只有我们

只有我们在雨水中飞翔
多么安静呵，我们共用了一对湿漉漉的翅膀

初　夏

这一天，我顶着一树涟漪
安静地从窄门出入

那时，绿树白云，织朵的亚麻长裙
打着水绿的漩涡

一种亲肤的感动仿佛把我
带到了十六岁

而镜中的枣花
簌簌落下，这绿肥红瘦的时刻
万物保持了和谐

人生至此，我终于知道如何避开锋芒
找到亲爱的自己

与自己拥抱，握手言和
时至初夏，仿佛一切还来得及

来得及读书写作
结一枚青果，来得及爱和老去

时光啊我还来得及感恩，感恩生命中
这些寂静与欢喜

节　奏

初夏。滚雷未到，但雨水响亮
我们在雨水中奔跑
需要一万次地克服自己的坏脾气

我们一万次地向着真相奔跑
可是世界
偏离我们太久了
我们需要一万次地纠正自己

此刻，灵魂在左
灵魂牵引着肉体一次次去确认
那些刀子钳子和棍棒
而死亡不明所以

“再也没有比死者更弱的弱者了”
这个夏天，有人在索要死得明白的权利
而我们只是不停地奔跑
不明方向地奔跑
世界早已超出了我们的想象

现在，我们需要小心地
退回到生活的原处，把摇晃的树影
变成鼓励，而雨水冲刷着真相的石头
一遍又一遍
那迷人的节奏让人发疯

旧时理想

那一年，一场天生的风暴咬断她的手指
那一天，她用血滴
凝成梅花，她等待梅花穿透宣纸

那些年，她带着亲人的爱一次次在大雾中奔跑
“哦，蝴蝶蝴蝶——”

披头散发的女孩子
赤着脚，追赶一只世人都看不见的蝴蝶
现在，她依然在追
——疯子？诗人！

多少年了，她用半截手指叩问了尘世
如今，她带着半截有病的身子
在人间漫步，旧时理想仿佛已成现实

可是一枚枚钢针
继续飞来，弥补着她一生的不足

唐新果的诗

TANG XIN GUO

幻

我越来越喜欢打量天空
对它一无所有的时候更是无限
着迷。我心思浩荡，常常把自己
放倒在水光中，自嘲
是个轻狂的人

我出门不看路径，入梦忘记
归返。除了自己收藏的那些天色
对什么都轻描淡写，包括印在窗上
的黯淡表情，夜幕下月光的响动
以及书页里遮遮掩掩的伤悲

我独来独往，一心想着
在不知名的地方种下没有信仰的生活
让风从后面吹，让阳光
从里往外照耀，而被时光击伤的
一切，却总能完好地明亮起来

登　高

总是渴望把心搁在高处
对于一边仰望一边俯瞰的生活
怀有别样的执着。快意的时候
冲着渺远的远方，吼上几嗓子
天色亮出干净的部分

但我对于迎接日出
却并未有太多的念想。我的黑夜
常比季节慢出一步。攀登过
一些天下名山，我更看重自己
从低处带上来的光亮

有人告诉我，只要能站着
便没有看不到的所在。可是我依然
迷恋那些坚定隆起的地方
从低处到高处，便是踩着蚂蚁的步子
也有堪称骄傲的经历

借　口

我常常试图说服自己
找到一个替代的形容词
便结束一切

可是，每次看到你不确定的存在
我又有了不同的想法
我偷偷地为你爬过树，登过山
也摔伤过无数的努力和想象

而我依然没有成为一片
被隐喻的云。因为爱，更因为抵达
我模仿风，托付江流，甚至融入光照

而当我突然停下来
那遥不可及的，恍惚都已紧握在手
于是，卧看与静思
诗与酒，又成了我不愿放弃的理由

上　路

踏上路，突然有一种奔跑的
冲动。因为更多的需要来自于脚
我常常向远方隐藏了自己的思想

不敢问，扒开那些疯长的荆棘
命运会否像一条河那般流畅
不能确定的是风雨，而阳光更像是目送
一个人的背影

于是，相信有人走在前面
坎坷也是不能放弃的理由。像我
已经走完一生的父母
他们都是把路扛在肩上的人

但我已落后于他们，这加重着
我的愧疚。坚定地用目光打开那片
早晨的天空，脚从来都比路远

我的大学

再次相见，都说，青春
和青春相遇，是一场模糊了
性别的盛宴

而我却不愿再用当年收藏的句子
去比喻什么。在我的日记里
更多的是对潦草日子的涂涂改改

那些夏日午后的空旷，常有燕子
飞不到的角落。一根辫子
或者一声口哨，搅动的总是手上
翻卷的书页

没有谁去感叹梧桐的叶子
又落在了脚下，缺损的月亮
也有很深的相思。当一个个匆忙地
从驳漆的大门走出，回头一望
满眼都是伤感的表情

果　园

一些有着相同理想的事物
聚在一起，会是什么样子
人往山坡上一站，林下吹送的
阵阵果香，似乎就了了多年的疑问

顺手托起一只橙红的果子，不禁感叹：
老天也有不公的时候啊！
那些在春天赞美过花开的人
他们总是难以遇到这样的时候

不像蜜蜂，它们永是守住
自己想要的东西。从花开到结果
把心里那些微不足道的渴念，一一地
传递给树叶和根

这多么像我们果园的主人
他也是一个能够从春爱到冬的人
一棵一棵地爱，以他所能收集的阳光
让每一朵花蕾都有饱满的梦想

而我们这些跑过来看热闹的人
尝到果实的甜，更像一群昆虫
停不下来的心，注定得不到
这样的一方世界

湖　边

一棵树相较于人心
它能覆盖多少。我在树下的石凳上
坐下，新鲜的阳光照不到我
湖面上升腾的雾气，使我的早晨
模糊而缓慢

我是一个容易忘记自己的人
倘若没有波光的潋滟，我可以
为一片并不相熟的叶子坐上一整天
拦住路上的风，扶起
脚下的花草

有时，我把一叠浓荫往石头里塞
它却并没有变得更为黯淡
这很像我自己，除了隐秘的时光
我的胃里，很少有难以消化的记忆
包括过期的爱，以及恨

潮 湿

天气突然变得潮湿，摸摸身子
从外到里，都湿漉漉的

小心地把自己关在屋里
从眼睛到手脚，从呼吸到内心
这些关乎看见、触摸和思想的地方
不能有太重的湿气

还有说过的话、用过的心思
往来的祝福，写给春天的诗
以及刻在器物上的箴言
也要去掉那些易于霉变的虚词

一次潮湿，面对自己，我惟觉愧疚
之前，那么随意地丢掉阳光
拒绝寒流，以致自己想要的生活
难以爱得没有一点水分

春天的牵挂

风吹日暖的日子
喜欢到处走走，看看

到院子里走走，看那几株
凤凰木，经过冬天一场大雪
是否又吐出了新芽

到门前的草地上走走
看草色变青之后，草根下的蚂蚁
都在忙些什么

到田间地头走走
看播下的种子，破土之后
对泥土说了什么

还有早晨，草叶上的露珠
蕴藏的光芒；燕子回巢之后
屋檐下潜伏的动静

春天有太多令人牵挂的事物
即如一块石头，也想敲打几下
听听有没有憋住的回音

一把梳子

思绪纷扰的时候，常常想起
一把梳子。木质的梳子
搁在一张旧式的梳妆台上
守着镜中岁月的容颜

我已忘记自己是否真正使用过它
打开记忆，惟它对于另一个人
似乎有不为人知的重要
我常常看见她不声不响，拿着它
一边梳妆，一边凝视着什么
那镶嵌在镜中的表情，有着桃花
开落的芬芳

那是一段打着绳结的岁月
里里外外有太多挥之不去的风雨
而只要她手持那把梳子
我就仿佛看到了一个单纯的明天

一把梳子，由实而虚，在我心里
就像一个不断放大的符号
直至自己头发白了，仍然玩味不尽
那些细密的梳齿

李成恩的诗

LI CHENG EN

我喜欢宋词的脸

我喜欢宋词的脸，雨水淋湿的脸
在我的窗前一闪，哦宋词
一路小跑的宋词，去了开封

我喜欢包公的黑脸，那么俊美的
男子，必有一颗开封的心
在开封的早晨，我喜欢汴西湖的脸
我的脸在汴西湖里洗了又洗
我看见包公的黑脸
已经洗出了红晕

我喜欢汴西湖的脸
一张年轻的脸，写满了宋词
在灯光的雨水里欢叫

我喜欢听北宋的口音
在汴西湖，开封的心柔软
又宽阔，善良的心
要多美有多美，在汴西湖
包公的黑脸泛出了红晕

汴西湖的梦

我的汴京，汴西湖如雨
打在我的额头
一场宋词的雨从宋朝
一直下到今天早晨

我的汴京，汴西湖卷起来了
把我卷入清明上河图
每一个人的脚步都是轻的
牛的蹄子踩在石板上是轻的
马车一路快跑是轻的
鸟的叫声又轻又薄
像从汴西湖里
冲出来的另一个我，飞一会儿
再停下来，看一会儿汴西湖之书

柳树是轻的
夕阳是轻的
我的读书声是轻的
我梦见汴西湖的梦
轻轻靠在石头狮子身上
我在清明上河图里
紧紧抱住了北宋的善兽

我的汴京，我梦见
汴西湖的梦中
善兽们一片欢腾

北方水城

北方水城，惠风吹起汴西湖
辽阔的大地上，水孕育出水

北方水城，万物之灵汴西湖
我的心贴着水面，像一只从
龙亭湖飞向包公湖再飞向
铁塔湖的鸟，我在汴西湖上
徘徊，我的飞行路线尽量婉转
尽量远，尽量费尽了体力
也要接近北方水城的心脏

心脏弹跳，汴西湖翻了个身

我的耐心里有水的爱
我的耐心里有八朝古都
历史的倒影在汴西湖里
弹跳，北方水城敞开了
城门，我是那只撞向水面的鸟
欢迎一群北宋的鸟展翅飞来

玉带河

春风从河底翻滚上来，一股陈年的味道

美女走过玉带河
天上人间妖婆数十人，个个脸上涂了油彩

枯树倒映白云，个个是醉鬼
个个异常纯洁，个个神色慌张

鱼从河底翻身，露出它鲜嫩的身体
春天来了，一切都有了泥土味
春天来了，翻身的翻身
跳跃的跳得更欢，鱼没有四蹄
鱼的心脏在白色的水泡里发光
我喜欢它汁液一样飘荡的胡须
我喜欢它尖尖的细牙咬住春风
在玉带河拖行好几里
我喜欢它翘起尾巴，要做人鱼
站立在三月的码头，迎接春风

我蹲下来，抚摸鱼的胡须
抚摸鱼的宽嘴唇，抚摸春风低低
飞过玉带河时，光滑的脊背

玉带河倒挂在春风里
鱼腥味倒挂在腮边
胆汁破了，无头无尾的春风
也把单薄的身子倒挂在玉带河上

张家港记

很炫，船身涂满了霞光
人生也是这样，早晨我脸上的霞光
与夜晚我头顶的星光，转瞬即逝

这美妙的长江一夜，汽轮发出鸣叫
我收拾行囊，下船，来到张家港

嗨张家港，这长江上的江豚之家
我先从桅杆上的霞光来认识你
我再从江豚的叫声来模仿你

那一天我把脚伸进张家港
沁凉，如江豚的叫声若隐若现
这是夏末秋初，江水退下了燥热
长江的体温与我的接近
只是我更加的温润，像一只江豚
游向长江，肌肤光滑，嘴唇尖尖
神秘的人生不过如此

很炫，这座城市
在清晨发出江豚嘤嘤的叫声
我离开时，江豚目送我消失在长江
像她神秘的一生

在长江上

江风在清晨把我吹醒
对于长江，我像一个天外来客
我盘腿坐在船头
江鸟还在空中昏昏入睡
远处的山峦早已醒了
我还没来得及呼喊
山峦便倒栽入江水，扑通一声
又一声，我的心啊都溅起了浪花

这是在七月，我平生第一次选择了
水路，选择了盘腿坐在长江上
看江鸟在长江的晨雾里缓缓睁开眼睛
江鸟看见了我，那片刻的陌生
瞬间化作一阵阵奔涌的光线
我与江鸟都处于昏眩的早晨

船行至中午时分，我抛开了山峦的
倒栽，也远离了猴子的追踪
云天一色，江水辽阔，许多人的一生
无非是想目睹江水奔腾
而又能盘腿坐在江水上

许多人的一生无非是顺流而下
在一声惊叹里倒栽入水，美景啊
要了命的美景，一一舍弃
而我站立船头，吹起清亮的口哨
江豚尾随我至张家港，此时我的人生
跃出了长江，朝霞喷了我一脸的光芒

绿　树

绿树自动归类，绿树站成一条直线
正直的品质清晰可见，一眼望过去
它们像父辈，略带孤傲之气
保持了一个时代沉默是金的习惯
而果树就要杂乱一些
它们蹲在山坡上，绿得我眼睛都睁不开
一大片的绿，挤满了高楼镇的边界

阳光在雨后充足，无所不在的阳光
扶直了弯曲的道路。我是个局外人
阳光穿透了雨水，穿透了绿树中的小路
雨水静静躺在河沟里，还可以看出
此前的挣扎，此后将归于何处
我想问成荫的绿树，雨水浇灌
浇灌了你的树冠，树冠就撑开了
这夏日辽阔的天空，云朵后退
绿树后退，惟有我站在北方的大地上
一步也不后退，我要迎着一场明天的雨
迎着明天的孤傲之气
站在道路两旁，拖拉机装着一车白云
装着一车充沛的雨水，突突地跑向明天
我知道一场雨水即将浇灌绿树
浇灌我笔直的身体，浇灌父辈的沉默

寒冷来到

搬起一块石头我搬起了冬天的寒冷
像一块遗弃在路边的石头，冬天的寒气
拦住了野兽与家禽的出路
凡是动物都知道寒冷来到，人间换了
桃符，树枝断了，枯叶乱飞

抽刀砍在薄雾似的寒气中
我听到类似小女孩梦中被野兽追打时的尖叫
所有的手脚都一阵猛缩
野兽来了，寒气捆住了寒气

你如果不把刀抽回去，寒气到了下半夜
一定会折断你的刀尖
喀嚓一声，小女孩扑倒在野兽爪下
连爪子都折断了

味　道

说你不上研究，你的味道
散发鸡蛋的腥味，混合着尘土
青草成长的味道
词根露出，脚趾生动
味觉敏锐的男人做了厨师
迟钝的女人不上研究
她坐在食品中间念书
不关心物价，不关心天气
空气中飘浮起鸡蛋清醒的味道
雨水骤然降临，光头洗头
长发妹发出一阵香气，那是她的
味道，混合青春的气味
青葱的味道，白面如同姑娘的脸
生活列出属于你的食谱
姑娘呀，味道复杂
气味变化莫测，一会儿是家禽
一会儿是青春，味道各异
但都是你的味道，貌似
白面里长大葱，嘎吱嘎吱的
味道，植物的味道
哲学一样干净的
词根一样坚硬的味道

袁同飞的诗

YUAN TONG FEI

秋风中的修辞

秋天，有时像语法中的代词
有时像心的耳朵，或底色
秋风起时，才能找到一座寂寞的城

秋天，有时像语法中的虚词
不管你来，或是不来，都是一种铺垫
金黄的叶子落下时都有一个惊叹的表情

秋天，有时像语法中的省略句
不管你在何时何地，都像一座梦幻森林
都能听见一支清澈的水流声在歌唱

秋天，有时像语法中的动词
不管你在哪里，睡着、醒着还是醉着
都可以用灵魂与生命对话

秋天，有时像语法中的形容词
不管你听得懂，或听不懂
都有一颗坚强的心在深情守望

秋天，有时像语法中的名词
不管秋风有没有来过
你都是这个秋天中最美的意象，或抒情

秋天，有时像语法中的副词
不管你从哪一个方向考量
我的心好像离秋天很遥远、很寂静

十月之恋

你的风，摇摆在秋天的深处。不再寂寞
你的夜，化身为蝶。栖息在月光如水的思念中
你的花朵，穿越时光的斑斓。缤纷在梦里梦外
你的河流，似乎在等待一场雪的到来。成为
秋天的暗语。与你的相思簇拥在一起
成为日升日落。阴晴圆缺

你和秋天站在一起。和云朵站在一起
就是和所有的躁动站在一起。和所有爱的灵魂
站在一起。就是和所有的繁华、落叶、梦境
或离别站在一起。因为只有你知道
秋天的烟雨不会让我们共同的十月宠辱不惊

你如风，如电。不可抑止、不断羞涩我的回忆
我的庭院，在有风的夜晚，一次次燃烧我的等待
成为十月的风景。有时，我们用爱丈量它的悲伤
有时，我们用爱触碰它的灵魂。有时我们只有
用辽阔的秋意安抚并妖娆那些越陷越深的思念

所有的光焰从你的天空奔跑，或沦陷

八月的天空，高高地挂在蔚蓝色的云海之上
此时，我看见一万种思想在波涛里起伏
丛林间，你全身的光焰迸发出我裸露的想象
我侧身看见你亭亭玉立的影子从我的身边掠过

飞旋。上升。我的目光在摄氏 99 度之上燃烧
远方的池塘。让所有的风淹没在静水中
我看见云上的莲，醉了虚构的寂寞和时光
昨夜的荣华故梦。还有那些破碎的黄昏
让我在一首诗中驻足。潜入。然后蛰伏
八月的天空，依旧伤痕累累
就像施展了魔法，无处安放你的千军万马
在那一刻　海洋仿佛只是一幅静止的画
而你的十里城池却在猛烈地抖擞着！

天边，一群鸥鸟伸展翅膀，随风飘荡
我定格在风暴的中心，如临深渊已万劫不复
妹妹啊，我结实的身体里虽已写满了爱的文字
但我出走的灵魂已从核的内部开始溃烂
就让我眼睛里所有的光焰在你的隐秘中埋藏吧
或从你的柔情动身，奔跑，直至沦陷……

你是一只金蚕蛊

你是一只金蚕蛊，那么恣意地
矗立在春风的台阶上
像一朵云或一棵树
让桃花有了爱恋，让艳遇成为一种诱惑
来吧，与我一起漫步在星星的梦里
不用躲躲闪闪。我们什么也不说
用你眼睛里的毒喂养一只只孤独的虫子
再用你的唾液激活一朵朵相思

你是一只金蚕蛊，那么忘情地
借着月光，披诗而来，踏云而去
那个追赶灵魂的诗人呢
因为贪婪，发誓要用一生饮尽这杯月色
幽幽的眼睛已放射成火辣辣的形状
让多么美好、多么静寂的时光
淹没或延伸在这太多灰色的雾霭里

你是一只金蚕蛊，那么猖獗地
吃掉一片片野性的花瓣和干净的骨朵
就像一把把时光之刃，仿佛
一直在风中闪亮着。并收割这个季节的心跳
这个春天并不全是美好，我必须守住灵魂
不被吞噬。此刻，我相信你是无辜的
但你已越过雷霆，消失在江南的烟雨氤氲里

一滴露水的光芒

今夜，月光如水。我看见夏季里的
一场大雨，弥漫在词语的田埂上
和蛙声蝉鸣的稻田里。在梦中轻轻喧哗
多少记忆随风飘落。一滴露水的光芒
闪耀在草地上，为我刮骨疗伤

夏日燥热，有些漫长。我们都是
大地的孩子。也是被露水滋养的孩子
从一个异乡到另一个异乡，我的心
在奔跑中长满疼痛。长满漂泊的花朵
哦，今晚月光如水，繁星满天

今夜，月光如水。我在雨水中洗刷
内心的荒芜。将思绪慢慢盛开
穿越星光，我听到此起彼伏的风声
与一滴露水保持着恰当的距离
在姣好的月色中，看清每一朵莲花的形状

夏日盛大，盛开的荷花使雨水葳蕤
那蓬勃的声音似乎无法将你抵挡
请原谅我吧，每一滴露水云淡风轻
除了一些断想，沧桑的情感该如何剥离
人海茫茫，而另一种光芒，充满磁性

悬崖上的我

秋天来了，一只时光的豹子
在我的眼帘里蠢蠢欲动。悬崖上的我
仿佛天边的云朵，人间的麻雀和鸟鸣
反复练习生存之术

我和诗歌一起经历生生死死
都在意料之中。但那些黑色的诱惑和疼痛
却无法寻找，因为营养的成分
的确需要时间来煮沸、修复

悬崖上的我，一步一步成为一道闪电
悬崖上的我，一步一步从雨中幸福地落下
悬崖上的我，一步一步缓慢时光和心情
悬崖上的我，一步一步成为秋天的彩虹

今夜，我只用一个安宁的词语抒情

今夜，咖啡厅里环绕着一支舒缓的乐曲
我独坐一隅，守着一个安宁的词语
它似乎与我一样在倾听，内心的喧响

音乐，呈现层层叠叠的忧伤，或孤独
远方。金色的河流。在瞬间发芽
哦，尘世如此静美。击碎了夜晚的灵魂

黑夜就像我的眼睛，时常穿透爱的文字
我的身体里，生长热爱的风沙、海浪
和礁石。淹没从傍晚升起的那道彩虹

这动荡的旋律，仿佛煮沸的水一圈圈散开
就像一个词语，触动错觉。让泪滴晶莹。
再一次从临街车站旁黑夜的窗口喷溅

今夜，我只用一个安宁的词语抒情
春天的雪花，悄悄落了一地。驿动的心
轻颤着幻想，在寂静中点燃耀眼的星空

爱情列车

冷风，吹乱我们的爱情，注定这一次
一别就是一生。一次旅行的记忆
穿越今夜，在雨中游荡

我的爱情在列车上，在云朵深处
排成纵横捭阖的诗行。上一部分是落日
下一部分是大地震颤的心房

电话和邮件泛滥成灾。却无法连接
在黑夜低语的人，困惑在最深的苍茫里
我们的身影，注定在尘世中赶不走惆怅

就在书中，修炼一颗超凡脱俗的心吧
我们一起听雨，赏花，吟诗。并畅饮
天边的云朵，幻想在心中长出爱的菩提

秋风辞

月光，温柔地蔓延着远方
敲碎光阴。化为雨点云影　还有落叶
成为这个季节最华丽的伤口
仿佛在诉说　岁月的悲欢离合

落叶季节，秋风不止
思念成愁。你的爱已成为风中的修辞
并注定串联起这个诗歌的夜晚　凝结成
汹涌的火焰。在我的体内一次次穿梭

月光，漂白远方的你
注满虚词、动词、还有形容词
你的笑容缠绕寂寞。总是让我无处可逃
我知道，除了爱——我将一无所有！

火焰升起

月光升起。你如梨花般定格在
雨露和霓虹之上，再一次注视你
远方的雨滴湿润了多少哭泣的星辰
当我从一阕《如梦令》深处醒来
你如飞蛾扑火。一次次以风霜利剑的
凌厉姿势，向我杀戮而来
在我的柔情深重里你肆意地攻击我、毁灭我

火焰升起。在你眼眸中闪烁耀眼的
光和身影，再一次翻阅你
故乡的小桥、流水、童年的点滴
和清澈的鸟鸣，及遍地翻滚的音乐和血液
它们在瞬间涌现，蹂躏在你的残梦里
另一只眸子，它流淌着爱、热烈
和从容，把我的村庄无情淹没

为爱燃烧。当你在某个转角遇见我
我知道，我的泪水开始滂沱
我的时光开始旋转。我的美好开始启程
我的梦境开始柔软。我的生活开始甜蜜
想起你，我仿佛从长满温馨词句的
诗歌圣殿里走来。然后与你相约一起
看这十万亩火焰随风荡漾、升起……

储慧 的诗

CHU HUI

住在冬天里的女人

1

瓷器在她眼前游说
但她无动于衷，只想从腰间抽出一把匕首
把整个世界砍断

3

枕着死亡的信息
你终于斜斜地笑出声来，这个黄昏
没有多余的手势，更没有温馨的提示——
切开夜的腹部，所有的白都指向黑
所有黑都倒向白
——你是我的劲敌

记忆被反复锻造、冲洗
嘹亮的歌声里隐藏罪恶，一只遮天的手掌
在不断地晃动，像一张遍地开花的嘴
——噢！原来你是叛徒
日本人的走狗

4

风太小，吹不动乌鸦肥硕的翅膀
雪太深，搬不动一枚成熟的果子
夜太黑，拿不走一盏黄昏的灯

冬去春来的日子，我把哭声湮没
你让笑声变成为一把刀
一张皮
一道褶

5

烟花在半空中突然放出冷箭
午夜的衣裙不寒而栗，而冬用大踏步的形式
催促秋天远去……
一副冷傲的面孔犹如饥饿的眼镜蛇
向无辜的行人，发出进攻
必须要这样做吗？在泥沙俱下的有限空间
在暴雨锤击过的街头
在秋风乍起的茫茫人群

7

地可以自由地种，面包可以自由地吃
但孩子不能自由地生长
当新年的钟声再一次在教堂响起
从枝头发出的契约从新规划我们的内脏、器官
有何不可？——有些年了
我不曾弯腰，也不曾欢笑

8

情绪仿佛是桌上的一盘碎瓷，被高高挂起
凌乱的枝头已没有白昼
死亡越陷越深，如午夜的一片紫光

天更低，地更高
于是，我低头
抛下一双无底的皮靴

11

长久的寂寞之后，我像一根无依无靠的稻草
任人摆布

我忘了自己的年龄、长相，甚至性别
我的指甲变得又黑又长
每天，我对着一小块玻璃发呆
小鸟、落日、西归的斑马，依次在我的眼底
落下又升起
秋天是我全部的口粮

15

溃烂的伤口逐渐被温存舔舐
活着的每一天
——把自己高举过头顶
——把每一个晨与昏隐匿在私密的角落
——但请记住
瓦片和孩子，阳春和白雪
——都曾是杜甫床前的一滴泪
一把剑
一支笔

16

不要拒绝工匠手上的那对纸灯笼
他充血的双眸，如此坚挺
仿佛春天里一颗饱满的种子
“在水中拒绝下沉”。菊花负债的日子
没有苹果，没有花椒
更没有玉米一样金黄的爱情
只有销售一空的金橘和冷酷到底的黎明

17

整个冬天，成群的黑蚂蚁在一张白纸上搬家
也许这样，才能平复狂奔的情绪
才能把肮脏的脓血挤入地下
整个冬天，压抑的日子里，我紧紧抓住一杯红酒
且行走，且委身于肃穆的祈祷者行列

19

曾经隐忍的高贵，如今
像一把鲜红的刀子开始进入屋檐
小小的城池再度鱼米飘香，红旗招展
你看呀，一只只觉醒的眼睛紧紧地握住了那束光
它要赶在假供词来到之前
进行一场彻底的革命，彻底的忏悔

20

北风呼呼地吹，街边的乌鸦终于停止说话
他们的脚步又急又快，像一把割草的镰刀
在某个角落里泛着阴森森的白光

——不能抬头看，也不能往前移
广场上，雪地里。到处是凶手留下的暗器
——试问？
难道一个王城的春秋由此掌握在敌人手中

21

整个冬季，我啃着一包过期的薯片
它的能量足够维持看完一本《中华大字典》
或参加完一场体育盛事

我不再怕冷、怕黑。“大门朝西”是我的梦想
打坐念经是我的方向。只要
——只要能让我睡个安稳觉
或念上一千遍《金刚经》
只要能让我读一首诗，一首叛逆的爱情诗
就好！

22

经过一夜的沉淀
花骨朵变得越来越轻，像一条奔腾的河流
清澈见底。据说
流言在未传播之前，她是处女
流言被扩散之后，她定性为妓女
一朵花，一片叶子。从出生到死亡需要过程
而她的成熟似乎就在昨天

25

我不再是一只胆小怕事的瓢虫
偷吃着去年夏天留下的残羹剩饭，虚度光阴
我不再是一条唯唯诺诺的响尾蛇
躲在漏风的巷陌，算命、排八字
我不再是章鱼手上的一颗黑痣
——等着外科医生活生生把它切除

詩書畫

陳谢

NO.55
2017年3月

主编◎阎 志

卓尔书店

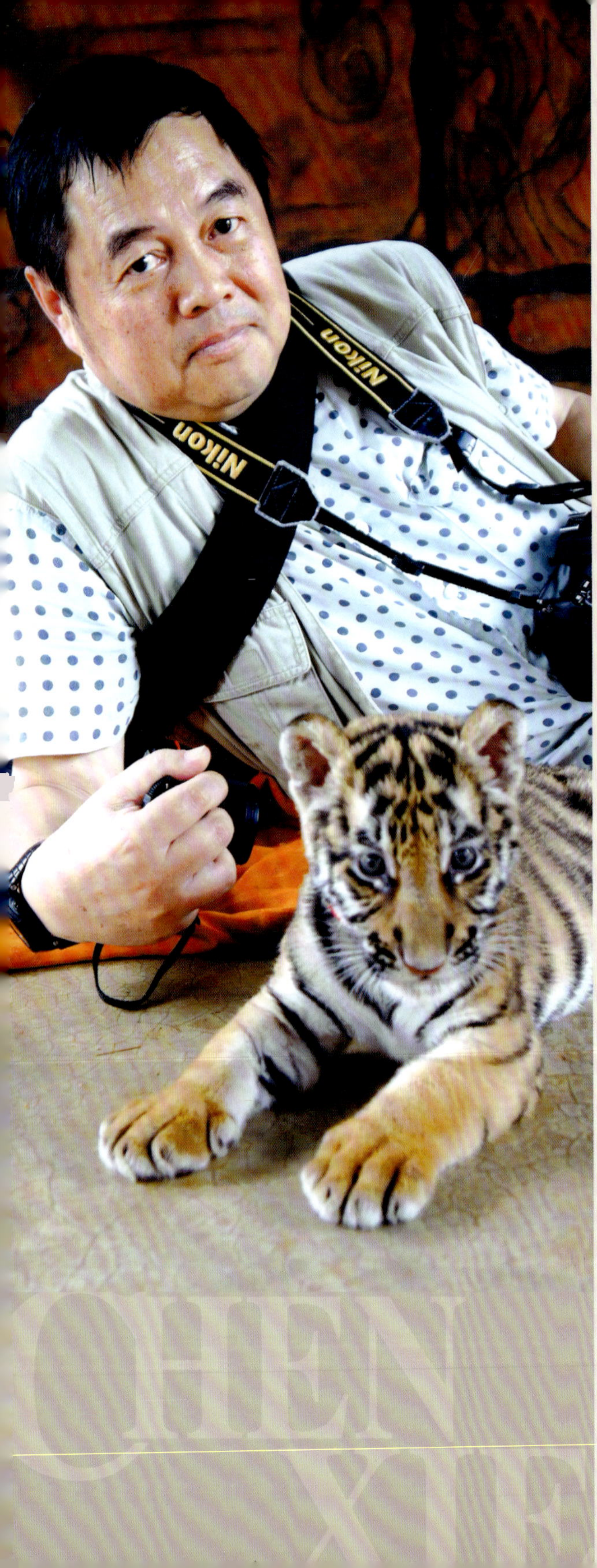

陈谢 简介

INTRODUCTION

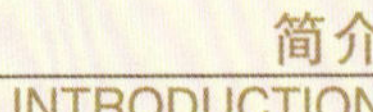

祖籍安徽怀宁，生于湖北武汉，长于湖北鄂州。

7岁遇天灾，死里逃生；11岁遇人祸，当反革命被全校批斗；16岁下乡插队；19岁当建筑工人；27岁起从事新闻工作，一干20多年……

从17岁开始发表跟风诗文，多年来发表有大量新闻、绘画、设计、摄影、诗歌、小说、散文、杂文等作品，乱七八糟的获奖证书一大堆。

少年时开始画画，美术作品有幸被当代中国画巨擘汤文选先生注意，并得到其指点。在汤文选先生晚年作为入室弟子更有幸常年侍奉左右，学其画艺，研其画理。由于到过国内所有大型老虎繁殖基地和泰国等地寻找老虎写生，创作的老虎题材作品吸取百家之长，没有仅仅停留在描摹老虎的外在形象上面，而是期望以画虎作为突破口，完成并实施自己对中国传统绘画创作的一些思考和构想。并希望通过在作品中表现出的对濒于灭绝的美丽生灵深厚的人文关怀，传达出热爱生命、拯救地球的绿色环保理念！期望用作品中在这个时代近乎稀有的一种纯洁和悲悯的元素来打动人们的心灵。

观汤公文选先生晚年作画歌

汤公性淡若幽兰，不与时人争长短。
青春得意灾祸至，历经九死得生还。
及至年老帕金森，双足无力手发颤。
枯坐昏睡画案旁，老骥伏枥心不甘。
偶然一道灵光现，起身站立大气喘，
颤颤巍巍抓起笔，刹那纸上墨浪翻。
起笔如瀑砸巨石，收拾若溪水潺湲。
时看骤雨过山坡，又闻雷电空中闪，
楚兰狂舞苍松劲，斑竹滴泪梅花妍，
雄鹰振羽白鹭飞，猛虎长啸鸟语喧……
画毕掷笔长舒气，犹似战罢卸甲鞍。
壮士凯旋安卧榻，铁马金戈梦中酣。

听风图

无敌

巡山图

守护神

雄关

英俊少年

虎头扇面

松风

空门寂寂澹吾身

戴叙伦诗意：雨湿松阴凉

出山

青葱岁月

仰天长叹图

周昙诗意：王侯无种英雄志

一声长啸遏行云

秋声

不信邪

祖咏诗意：万里寒光生积雪

高山之上兮

雄视

长啸百兽惊

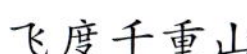

飞度千重山

曹操诗意：观沧海

独享一山雪

陆游诗意：家住仓山落照间丝毫尘事不相关

豪饮

一饮三千尺

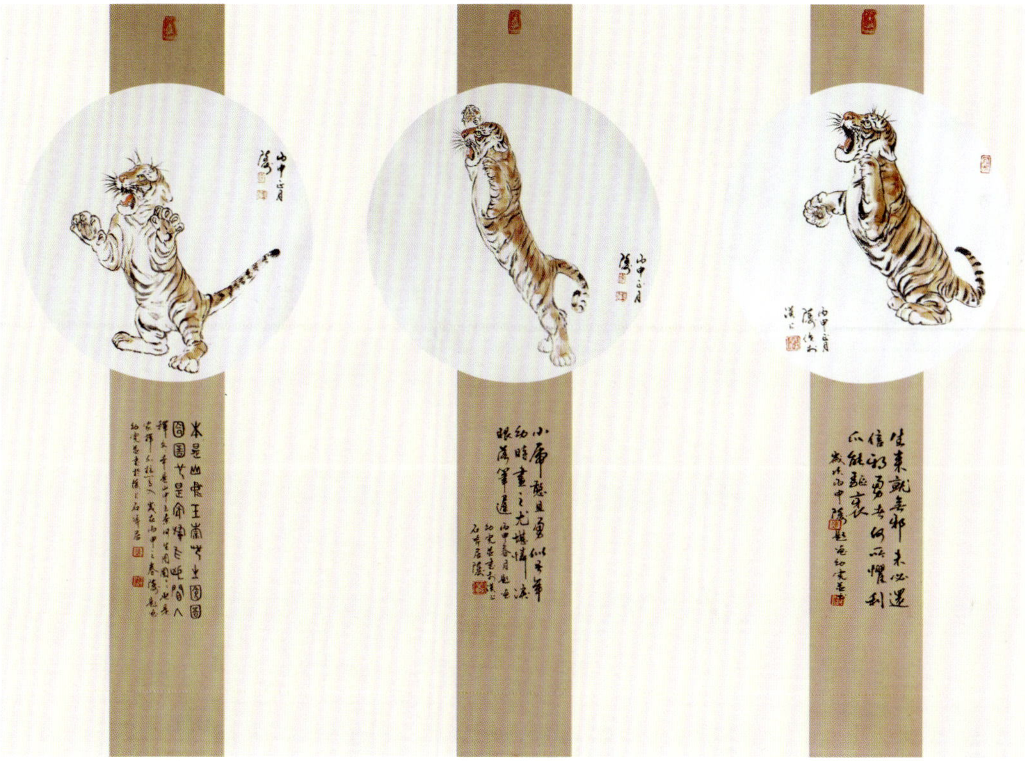

小虎自题诗

说法图

虞世南诗意：居高声自远

POETRY CALLIGRAPHY PAINTING

詩書畫

POETRY CALLIGRAPHY PAINTING

Zall Bookstores Pte. Ltd /卓尔书店 出版
9 Temasek Boulevard, 31/F Suntec Tower 2, Singapore 038989
电话：(65) 6559 6223 / 6224
传真：(65) 6336 6610
ISSN/国际标准期刊编号：ISSN 2315-4004
Title/刊名：诗书画
Editor/主编：Yan Zhi/阎志
Frequency/出版周期：Monthly/月刊
Date Of Publication/出版日期：2017年3月总第55期
Language/语言：Chinese/中文
Email/电邮:zallsh@163.com
Retail price/定价：S$5.00

天地之间

定价：S$5.00

我要登上三千米清凌凌的雪峰，为自己祈福或唱
一首赞歌
我要在黎明来临之前，把黑夜封锁进密封的地窖
我还要把可怜的香蕉在被迫脱掉最后一条内裤之
时解救

我不再怕黑、怕暗、怕冷，从每一天日落开始
要么填饱肚子要么打坐念经
要么像风一样奔跑
——直到日出

27

生命从一次大逃亡开始
白天没有秘密
一群从地狱归来的人会给你答案

风使劲往北吹，像一列火车急驶而过
车厢内的民工喝干了最后一滴血
或许这样才能去掉身上的异味
才能像鹰一样勇敢倒立
才能到达目的地

28

记忆从一滴水开始
一只鸟停在枝头
“独自，叫个不停”
一群人从城里飞来，指手画脚

楼盘广告做在一堵墙的对面
有点张扬，有点刺眼
西北风一直从天黑刮到天亮
把玉米和庄稼撂倒

两个站着说话的人
不腰疼

29

阳光驻进了墓地
街边的乌鸦终于停止说话
回忆像身上的羽毛，在这个寒冷的季节
展开，再展开——
谁是谁的故乡？
谁的身上有花椒的影子？
谁的奔跑如一阵黑风？
谁手持莲花却口吐白沫？
…………
如今看起来都不重要

——冬天厚厚的雪孵化出火红的腊梅
同时，绝不会轻饶罂粟有毒的掌心

32

母亲赐我一袭温柔的长发
我没有理由不把它驻扎在胸口
每天，我顺着风指引的方向生长
手中握着故乡的拐杖

33

宁静的下午是迟到的一小段
大地已留出凳子与树荫的空白
有一只梳理羽毛的麻雀
停在墙头将悦耳的遐想叫成时光

曲近的诗

QU JIN

蓝色勿忘我

一朵、两朵、三朵……
一簇簇蓝宝石一样的勿忘我
草丛中闪着荧色光泽，小小的，在风中摇曳
它们高贵、优雅、从容、纯洁
为了等待爱情到来，等待心颤的一刻
不计较被谁青睐，也不在乎被谁遗忘
自然地开，自然地谢
忠诚于情感成熟的季节
并感激山风的抚摸
之后，就举起花朵迷人的笑靥

尽管它们星星点点，小如颗粒
但颜色让人过目难忘，穿心而过
牢牢地记住这深入灵魂的蓝
浸透时空的蓝，幽深如梦的蓝
草海花丛中散落的蓝宝石啊
让谁想起了初恋，想起了盟约

脚步声来了又去，它们淡定如初
依然如故地等待着，等待着……

紫色薰衣草

来自法兰西普罗旺斯的友谊大使——
千里迢迢移民而来的高贵植物
扎根于塞外江南的伊犁河谷
这紫得令人沉醉与眩晕的颜色
这为爱情蒙上梦幻面纱的草
让每一个面对它的人都心跳加快，血流加速
这令人深陷耽于幻想不能自拔的蓝紫
色谱深不可测，每一瓣都放飞迷人的花语

以自身的小美，铺陈人间大美
香味像分别的恋人，久久不愿离去
伊犁河谷，盛满了薰衣草浓郁的香味
相信爱情会等来一个传奇
临别时，不摘花，不折枝，不采籽
只愿长久地品味香遇、香识、香恋、香依

不用慕名寻找，只须闻香而至
多少人走了，心却沉没于此

金色油菜花

之前应诗友之邀去了甘肃的山丹、民乐
觉得那里的万亩油菜花如黄金雨泼洒
到了昭苏，才知道舍近求远实在太傻
满眼金色的波涛漫向天涯
六月、七月，蜜蜂搬来木质的观景台
解忧公主松开手中的乌孙马
野山花谦卑地后退十里
不与这金色霸气争高下

草原石人已先到一步
早已熟悉了每一朵油菜花
它们拉家常、话冷暖
兴奋了西山镶金的晚霞

油菜花抱团不给游人下脚的空隙
我们侧身一遍遍歉意着：劳驾，让一让，劳驾
才挤出狭窄的空间与花合影
但为打扰了它们的安宁而愧意连连

回到家，从眼角挤出的私藏
正好打制一副纯金的铠甲

惠远钟声

烽火边陲，警钟长鸣
这是林则徐的心声
这是左宗棠的心声
从伊犁将军府
从惠远钟鼓楼
划破长空而来，大地聆听
这钟声，声声震耳
溅血捍卫疆土的誓言啊
回荡在伊犁河谷
回荡在历史的耳畔

这热血铸造的青铜之音
是一种国家情结，为心所撞击
声声雄浑、庄严、凝重、警醒
既报平安，也传号令

抬棺出征的英雄，以壮士血性
收复失地，山河一统
惠远钟声，一根记忆里的骨刺
让我们时刻体会一种疼痛

可克达拉草原之夜

半个世纪前的平常之夜
音乐家张加毅和田歌
策马漫步在可克达拉草原
不期而遇一群狩猎归来的小伙子
满载而归边走边唱着热辣辣的情歌
那优美的曲调点中了音乐家的兴奋穴
他俩急匆匆回驻地闪电般默契合作
一不留神诞生了东方小夜曲：草原之夜
美丽的抒情音乐从边陲飘向全国
留下了时代传唱的爱情之歌

可克达拉，美丽的夜晚，迷人的传说
多少人在歌声中醉忘一切
让旋律轻轻地，轻轻地
冲洗心灵的尘埃进入梦乡

霍尔果斯神圣国门

来过数次，每次都及时止步
觉得国门不可随便靠近
适合远观，不宜近视

霍尔果斯，中国西大门
国界线细长，形似铜墙铁壁
异国虽近在咫尺，却不可逾越

靠近界碑，面向祖国
心中升起一团豪气
中国·324号界碑，高度两米
却是国家象征的标志
它站在这里，就是士兵
向飘扬的国旗和高悬的国徽敬礼

第一次近距离感受国门的神圣和神秘
通关出入就像串一趟亲戚

喀纳斯月亮湾

一轮月亮掰两半
左一弯，右一弯
你照你的镜子
他洗他的脸

阳光抹一笔靛青
再抹一笔淡蓝
太阳它不住手
湖水就不停止变脸

能把人惊呆的
是这湖面的魔幻
看一眼就挪不动步了
再看一眼就被淹没

人上山，月下凡
一弯醉月摇不醒啊
等谁千万年

喀纳斯禾木

禾是谷物
木是树
草本植物与木本植物合二为一的名字
成了世间美的绝配
点亮大美新疆的焦点
所有的树木，都活出了个性色彩
即使眼睛睁得比镜头还大还圆
也掠不走它的丝毫之美
带走的，只能是记忆

禾与木构成了童话世界，人间仙境
山岚缥缈，云遮雾罩
一切似真似幻
上帝把变幻无穷的色彩
全部泼洒给了禾木
它的偏心令人妒忌
呵呵，这就是身临禾木之境
一边赞美，一边抗议

高速公路为畜群转场停车让道

这是天山北麓一道独特的风景
这是伊犁河谷一种壮观的现象
年年秋去春来，畜群转场
果子沟：高速公路为畜群转场停车让出通畅

前有警车引导
后有牧民护航
沿途所有的车辆禁行，喇叭禁鸣
司机们目送悠远的牛羊走向远方

牛羊漫步于平坦的大道上
不再被车轮驱赶
不再为喇叭惊慌
自然和谐就是这小小礼让

马背上的牧民像将军一样
只须跟在后面压阵
用不着操心和紧张
一路平安，走向牧场

果子沟大桥

给你多大的胆量
都不敢想象
果子沟大桥竟会是这样
再抬高一点就能摸到天堂

作为新疆人
进出伊犁都被大山阻挡
蚂蚁般地在山缝里爬行
连汽车也像甲壳虫一样蜗行
并随时会被大山挤碎、掩埋
一颗心提到嗓子眼上

想象与创造同步
盘龙凌空穿云破雾
俯仰之间
都有巨石击水般的心灵震荡

颜溶的诗

YAN RONG

水 滴

水滴　打开一扇门
说：进来吧
把你的罪恶交给我
像我一样：柔软　谦卑　洁净

在水滴中注入原罪。肝　肾
阴影的肺　灰尘的血
一颗水滴的宽厚与宽恕
包围我　穿透我　剥蚀我
我的痛　盼望　今生和来生的应许
都在那里。一颗水珠
打开的圣殿啊
让我每天小心地捧着
生怕摔碎

戴口罩的天空

一张看不见的脸
只留下眼睛。被删除的嘴和鼻子
是呼吸的进口与出口　隐蔽中有着
安全的通道。戴口罩的天空
它的云彩也是忧郁的。没有蓝的灰
悬浮的颗粒。它巨大地移动
一片肺。可能的一片巨大的影子
可以标识的人群：公交车上。的士上。自行车
背挎包低头弯曲的速度里
它移动一块厚重的阴霾
在某个具体的时间不作识别
罩：穿在天空的一件单衣。也是隔离
像面临一场瘟疫
这个城市心生恐惧　又面色从容

致 敬

从上帝开始　我要懂得敬畏
因为罪孽
我请求宽恕
要从一片清新的叶子学会感恩
阳光明媚的呼吸　连接
盘根错节高贵的疼痛　以及拧成的苍翠
一切奔涌有黑白之分
沉默　让珠穆朗玛峰一寸寸高耸
叠加亿万年冰川
我的身体和天空连成天空
大地连成大地
那广阔的飞翔或驻足
不足是我祭奠的一切仪式：不朽
并在浩瀚的时光中
接受死亡的敬礼

晚 祷

用一支乐曲就可以把我引领回家
领诵的人　领唱的人
你翻开的一页是三千年主的声音。此刻
我才相信我是一个有罪的人。我的前面
有神的灯　光的眼睛
就像我写作的诗歌
有预备的道路：字行里的赞美　救赎和感恩
我的殿　神差遣的岁月布满启示录
我的伤害　以及他人的伤害
此刻在你们的众声里　紧闭嘴唇

关闭所有的黑暗之门。而我依然站在
魔鬼打开的黑暗之中

星子与尘埃

你在遥远的天边听我诉说
却不能触摸到我的声音
我的灵魂在大地行走　背驮着万物
而你在万物之上
广大的弥漫：我的沧桑是灰色的　尖利的
无垠的荒野　我如此成为
仰望星空的人
相隔一片月光　我倾听每一声水波
那是你洁净的身体流溢的声响吗
我的沉默多么空旷
而你是空旷的核

美的供词

对于我　上帝是喜悦的
魔鬼也是：它有时就坐在我的右边
加大力量。模糊的时代　美
也有模糊的面孔
偏左一点　或者偏右
这都是人类的看法
苍蝇热爱残羹　蚊子热爱腐臭
这是美的另一种类
如果有一天　我遭遇严刑拷打
要我说出最后的归宿。皮开肉绽里
我的供词　不会说出我在那位诗人浑浊的
酒盅里一息尚存。他饮下时
眼里含有
一个世界的泪水

鸟和世界

它们落下来　把我们当作朋友
它们忘记了我们是
屠夫的身份
我们手上　刚沾满屠宰它们的血
它们把世界想象得太过单纯
它们落下来　一副
从容的样子。翅膀慢慢合拢
把我们的手掌当成草地和灌木
仿佛人类　从来就怀有
仁慈之心
在广场　它们和我们一同踱步
把我们当作另一种鸟类
我们常给它们施舍点小恩
更多的时候是大陷阱
瞄准的猎枪和锋利的刀刃下　它们最终完成
由一个名词到另一个名词的蜕变

问　题

说回来你就回来了。这么多年
我习惯面对轮换的英雄出场。作为救赎
我对救赎主保留怀疑
你和我隔着一层屏幕　一张文字的纸
这么近　我仍不能感受你的呼吸
最后摸到一尊雕塑
冰冷
我不能肯定　你的血就这样
流进我的脉管里。我和这个时代
究竟谁出了问题

镜子里的人

他站在一个人的观望里。水银
堆砌一座灰白的森林
双鬓挂着静的闪电。眼睛有浊泥。耳中
有十架飞机俯冲下来的蜂鸣
鼻孔的社会性是两道双轨。生活臃肿坐在车厢
每张脸携带尘土　窗帘遮盖
他有时是一位女人：年轻和年老叠成一瞬
有时是一个长大的婴儿
更多的时候不是他自己。他的山河破碎
被一群来历不明的侵略者
蹂躏。占有。这一切
在他的脸上划分出不同颜色的
殖民地。这个在真实中裂变的中年男人
所有的重量
在于一眨眼的厚积

以及时光飞逝

给你的

这些破败和狼藉　死在土里的根
是我给你的。这些一块块一堆堆一片片
身体里褪下的残枝
是我给你的。低矮下
我在每个一息尚存坚忍的眺望和期盼
也是我给你的
我的过去　那些饱满的积翠
已经给了你。现在已是荒芜
我把身上的伤痕　内里捧着的阳光
一并交给你
埋在灰里的羽毛　也是我给你的
它们曾飞过高空
加入蓝的合唱。现在　它们集体托着我
向你致敬
我只能这样给你啊
虽然有一些歉意　有一些愧疚

和一棵树相遇于江湖

当日光降临　你会看见我稀落的头顶
抽穗出来的白的发丝。那些
耀眼的飘拂　是岁月积冻的雪霜
它只会越积越厚。过往的春夏秋冬
它们会领走我不同颜色的果实
我的浓郁　现在不能在一面镜中显露出来
凝望我的人啊　你要读懂我
你在我的伫立中领取的美
远比我的过去丰盛。也请你领取
我的失败和颓废　还有哀叹
我致自己的青春　那些眷恋和怀想
稍纵即逝：我来不及憧憬和珍爱
来不及拥有就已经丧失

我的身体只缺少一种水

我的身体只缺少一种水
它从一只器皿里缓缓流出　精致的河流
柔软之火。暗藏坚韧的灵魂
它温暖的舌尖　游遍我的身体
舔那些出血的伤口　结痂的伤疤
焚烧：是它在安静中保持的最好姿势
火苗是静的。疼痛
静出了美和崇高
它最终留下一些残骸：骨和血
身体运行的灰烬和墓穴。一些在空旷行走的词句

黑暗里养精蓄锐的天空。大地苍茫
到处隐埋充血的花朵与星群

黎明奏鸣曲

用贝多芬的手指触键。用在黑暗中
痛苦弯曲的痉挛
打开黎明。阳光在指尖下奔涌
广阔的壮丽里
只有琴键在走。三个乐章的田园
白键打开芬芳　黑键打开图景
省略了黑夜　那些看不见的隐秘
内心的挣扎和阴影
雄伟的暗喻或召唤　从一片流动的水
到一片纯净的光
从天空到大地。最终回归到
贝多芬的脉管

两百年漫长的黑夜漫淹而来
黎明　常常只在
空的键盘上

赵桂香的诗

ZHAO GUI XIANG

风

这个讨厌的色鬼
多少次处心积虑掀起我的裙子

雨

是否只会淋湿
没有保护伞的人

雾

在你面前
都是无缘的人

案 板

参与了过多的杀戮
自己又怎能独善其身

刀

别把我藏身笑容里
伤人更会伤己

笊 篱

明明舍与得算计得很清楚
偏有人嘲笑这叫“漏勺”

米

从生涩到成熟
总有一段难挨的日子

锅

盼望一顶盖头
一起品尝人间百味

风与石头

风，生出的锯齿
抽尽墙头草最后一根骨头
吐出的刀子，又开始雕刻
一块石头的形状

有什么能阻挡住风的脚步呢
孩童的眼神和满地的落叶不能
燃烧的落日和塌陷的黎明也不能

风，远离地面和流水
在半空的哈哈镜里制造狂欢
接受盲人和吸毒者的朝拜
填补它的虚空和嶙峋

受伤的石头，沉默依旧
令箭终被真相的棱角打回原形
骨折，是一地的鸡毛的病历

风停了，大地安静下来
石头，开始修补还原底色里的
百孔千疮

身体里的黑

夜晚，摄取了过量的黑
令一些蠢动着洗白自己的事物
都无从开口
大街上，风在不断地搬弄是非
树木陷入不关己的情绪里
不能自拔

宣纸上，我挪动一枚枚词语
组装、拆解一个人的孤独
鞋柜里，那双不合脚的舞鞋
制造猩红的欲望
一朵静默的百合和一枝怒放的玫瑰
令一扇门
开了又关，关了又开

我知道，这样的时刻
适于压下虚妄
适于揭开伤口
也适于修正错误

我知道，这些侵入夜晚的黑
终究会抽身隐退
而身体里的黑
我必须
亲手剔除

风　湿

生活，四处漏风
无法对接心中一直生长的
阳春三月
打包，典当掉身体里残存的风花
换取抵挡风寒的衣衫
包裹赤裸的生活

迷路的中年
继续在关节的缝隙里流浪
日子，一直隐痛不安
昂首　挺胸
卑躬　屈膝
用遍所有自救的姿势
试图烘干现实抖出的潮湿
缓解一再复发的炎症

过　客

不要指望，一块煤球
会赞美雪花的纯洁
也不要指望，寒冬的瑟瑟
能读懂酷夏的淋漓
不要试图揭露
一把冷箭来时的路径
也不要试图解惑
十里春风如何镀红了桃花

如果，还好的是
鸟鸣还能唤醒清晨
九月照样认领菊花回家
寺庙永远收留钟声
那么，路过的风
就不必择道而行
山坡的牛羊，就不必惊慌于
野兽的布阵
花草，也不必回击人工塑造的情节
就让
盲人兀自在清晨和夜晚里
种植阴影
木头兀自引燃身体里的火焰
小丑继续孵化滑稽的表演

而我
仅是在这
浓度过高的人世夹缝里
淡然经过

心生悲凉

1

恶灵的舌尖，生出带毒的花朵
被带入歧途的蜜蜂
已无力折返
风过处
我们互相拥抱，抵御这
令人惊慌的芬芳

2

如果，天空的眼睛
不被乌云蒙上
它的身体不会变暗
眼睛，不会变暗
它会解析，一个戏子
华服下空荡的躯体和唇边
彩色的语言
也会跟随打铁人眼里的火种
一起熔化　熔化

3

沉溺沟渠的孩子
能够令他欢愉的，不是
诗歌的圣洁和火种的温暖
而是一团
任他随意揉捏的泥巴

4

山顶的云，把头
昂了又昂，我不知
该以怎样的语气和方式
告诉它
如果，肯挤掉身体里多余的水分
和尖刺
湖里的鱼虾，坳里的花草
都乐于与它拥抱

5

如果
石头可以生出嘴巴
不用于
驳回惊堂木的回音
不措词一桶油漆的颜色
只用于诵经和说一声
再见

饮下一座城的夜色

手里的酒杯，还未见底
你眼里的伤感已排山倒海
你说
一粒种子的悲哀，不是在
夹缝里落脚
也不是，破土的疼痛
而是
名字还在，信仰还在
身体却已被涂满颜色，囚禁于
模型里
接受扭曲的舔舐

我说
需要拯救吗
我有绳索，毒药和诗经
你说，不
至少手掌里的指纹线
还未迷路
天亮之前，一定回家

好吧，我们举杯
饮下一座城的夜色

舒丹丹 的诗

SHU DAN DAN

钓　鱼

——给卡佛

最好是深秋，十月的天空
清空了多余的云
穆尔斯河水涨起来了，鲑鱼肥美
我曾不止一次想象过这样的情景
你穿着长靴，扛一根钓鱼竿
走向丰沛的河流上游
而我走在你的身后
那轻轻掸过你脚跟的秋天的衰草
也掸在我的腿上

我愿意为你拎一只小桶
桶里装着鱼漂和褐色的钓饵
我不会忘记带上你喜欢的里丁酱油
鲜美的银鲑，只需用松枝点燃的野火
稍稍炙烤，配上酱油和自家的小土豆
就是至味：最好的东西都是朴素
而天真的，你说，和写诗一样

秋风拂过，我们并排坐在河岸上
有时各自回忆着什么，有时
什么也不说——我们深知
无法钓起任何一条过往之鱼
也不能期待流向未来的河水
为我们分秒停留。我们只是凝视着
河水深处，等待一条莫须有的鲑鱼
从时间之河此刻的漩涡中高高跃起……

秋天的二元论

秋天肉体丰盈，而灵魂消瘦
带着番石榴和月亮的气息

在黑夜、睡眠或未知的死亡中蜷曲
从最深的阴影里爬出

孱弱如月光的一地碎银子
深暗处，谁是那隐形的天使，魔鬼，或一个

与自我抗衡的虚构的敌人，令我深宵独坐
投掷我到一个巨大的虚妄之中？

我听见流逝的时间吃吃笑着，像千万只昆虫
将它们的羽翅压过来……

秋天撕裂。哪一半
离我更近？我靠近我自己，又将自己

从自身中收回。我全部的奢望不过是
听着自己的呼吸，重新进入秋天

银　杏

两年前的夏天，我站在成都的街市上
着迷于这些美丽的树
那时它们尚一片青绿，烈日下
活泼泼地摇着清凉的小扇子
那时我正从一场疾病中侥幸逃生
对一切饱满的生命都怀着珍爱
而此刻，从车窗前扑入眼帘的

是一树一树的金黄
如此明亮，像抱成团的阳光
将十一月的灰霾天空瞬间擦亮
它们是什么时候成熟，进入
如此蓬勃的盛年？仿佛
只是一夜之间
所有的阴晴雨雪都不值一提
每一个不曾相见的日子都不曾虚度
它们在暗暗攒劲
将绿色筋脉中的爱与力
一点一点，捧上金色的枝头

最好的雪

最好的雪不落宫墙
不下辕门
更不委身幽暗的沟渠

最好的雪落在原野
落在松树之巅
落在一只孤独的羚羊
洁净的眼睛里

最好的雪，落在纸上
像一种令人着迷的虚言
越积越厚
砌一座雪的迷宫
或独自在太阳下化为乌有
一种清孤
无需取悦任何事物

红菜薹

晚餐的一钵红菜薹煮年糕
让我想起谁说，最好的菜薹
必须长在洪山界内
每日里听着宝通寺的钟声长大——

我毫不怀疑它们的通灵和真实
多年后，当我站在教堂的晚祷声里
想起这悲欣难言的半生
静静流下眼泪

这是我所感知的，最好的滋养：
你的钟声不是为我一个人敲响
却是我惟一的宫殿

恩　爱

儿时在乡下邻家的葬礼上
在快要掀掉屋顶的哭声和唢呐声里
我看见，和长顺婶恩爱了一辈子的长顺伯伯
闷头不响把堆在屋后的半墙劈柴劈完了——

“天冷，烤烤火你再上路吧”

释　放

我厌倦了黄昏时坐在幽暗里发呆
沉默如锈迹，熔化于窗外
渐渐阴沉的一小片天空
一种沉迷，或是局囿

我厌倦了长久的忧伤
像面容悲戚的白色姜花，低眉垂首
哪怕身披最优雅的白纱
它们隐形的气息伤害了我

“忘掉那些忧伤吧，从阴影里走出”
释放是一瞬间的事

踏实的劳作里什么都能找到
一份晚餐，晾晒一盆滴水的衣物
或者摆弄一束活泼的小雏菊
香气里，有童年的山野……

并不匮乏什么，也从未丢失：
蜂蜜还在蜂房，云朵仍在
风的背后，树根还盘在心底——
“欢乐着的一切，就是所有”①

① 引自里尔克诗句。

雪　夜

月光铺满雪地，冬夜洁净而华美
她坐在床边，俯身向着他
头发拂着他的头发，眼泪同眼泪淌在一起
整个辽阔的春天都降落在他的心上
他看见山谷里白杨、花楸一片青绿
夜莺开始歌唱，像在召唤
“醒来！醒来！我的灵魂！”
烛光下的倾谈，仿佛心灵之光辉映
敞开的灵魂露出了隐藏的秘密：
爱，是对死亡的回答
犹如永恒的乐音飘进必将灭亡的尘世
即使苦难与缺憾，永远以折磨他的方式
救赎着他——他已习惯这双重的痛苦
就像习惯尚未愈合的、时时露出裂缝的伤口
“在命运之书里我们同在一行字之间”
比起命运的箴言，他更愿意相信
那将他们汇合在一起的，是生活的风暴和深渊
而将他们分开的，是比深渊更深的爱

我们把月亮弄丢了

南窗不见月，北窗不见月
一年中这本该最明澈的夜晚
某位主角缺席了……

一首夜曲从空气中浮起，歌声里
有气若游丝的疼：“就让黑夜注视着你
让黑丝绒般的夜色，拥抱你
如此温暖而真实”

推开门，一个人在院子里走着
有枯枝折断的声音，从心里
传出。抬眼望见，木兰枝上
端坐一个黄月亮——

原来月亮隐在东坡上
原来月亮从不曾爽约
沉沦的，是我们心里的那个
是我们把月亮弄丢了

年华流泻，而月亮，始终
如寂静的彻悟，从不言语

验　证
——重读玛利亚·巴纳斯

陷在几行诗句之间
恍惚置身于一小片树林
回忆像露珠，猝不及防滴在前额上

忧伤的隐喻。语词的惊喜。一封寻找了
无数开头的信……诗，是一面筛子
那些无法从记忆的网眼中漏掉的，必是真实的

走了这么远的路，悲伤来过，孤寂
来过，穿着花花外衣的诱惑全都贼头贼脑窥探过
它们的鞋带松了吗，能否再翻越一座山？

最好的爱，如果不能“举杯齐眉”
那一定是在诗中。也许值得庆幸
“我们之间还胜于爱情的：一种心照不宣”①

白瓷盘边的花，小而蓬勃的一朵
不是用来吃的，我们知道
但我们需要它——多年后，时间验证了我们

① 引句出自尤瑟纳尔。

矿脉的两种写意

刘金忠

像珍贵的情感总是来自苦难
剥离出水声、风声、低沉的呼吸声
矿脉，用石头的方言说话，说出《圣经》不敢说的

——《矿脉的两种写意》

矿脉的两种写意

□刘金忠

A

矿脉是随着山脉走的，伸展神性的根
置换了时空，与血脉结为近邻
无论金矿还是铜矿、镍矿、铀矿……沿着山脉的走向
拥挤在石缝里的触角，考量高低起伏，贫富多寡

寒武纪，侏罗纪，白垩纪……
亿万年的生成，沧海桑田，有人希望
在矿脉中找到潜伏的野心，一种剥离之痛，石头们
有难言之隐
让新发现陷于印刷体的光明或黑暗

苍茫，是一壶老酒的慰藉
沿着叶脉，倾向火焰的深度
像一条水系的命运，被捺进岩层，暗流的动向
在深处，你以止水的状态走银河的黯然
有时，也用蓝天的高度想些人间的事情

隐忍，无规则，看不见那只引力波般神秘的手
地下几百米，或更深，必须穿透厚厚的岩石
金属的元素，勘探和开采，提炼出
比石头更坚硬的闪光的思想

复合体的矿石，成分芜杂，涣散
像我们人类的欲望，难以捋清跌宕的繁复
需要粉碎，提纯，这个过程无可挑剔，从液态到固体

岁月在不断完善，就像钟乳石，只为回光的一瞬
水滴里蛰伏亿万年

地质学家手握小锤，叮叮当当地
敲山
他负责把地球的履历一页页敲遍
要把沉睡的老虎从层层斑纹里震出来
敲进人们的内心，他的身份
与街头的寻物启事相符，隐身于石头深处的河流
就是不作声，那条普遍性的河流，封存太久了
已凝止运行

谁都知道，那只被震出的老虎，那只五光十色的老虎
一旦放出来
就会改变世界，也会毁灭世界
可他已收不住手，还在不停地敲，像敲骨吸髓
蛛丝马迹肯定是有的，隐藏再深，也躲不过探测仪器
像拖一条蛇，或抽出一把利剑，金属的味道
被蝴蝶效应一再敲响
令一切生命不寒而栗

蕴藏量往往不像煤田或油田那样宽广
一条隐喻的线路，有时会细若游丝
也不会笔直通向远方，也许是
一个火山喷发的时刻，也许是大海落潮的傍晚
演变的剧目一经开幕，“便胜却人间无数”
色彩的斑点暴露潜在的位置，掩埋下仰视的目光，以及
时光隧道扬弃劫难的遗骸
让老去的爱复归于爱

在长白山夹皮沟，我曾下到五百米地下
追寻一条黄金的矿脉，矿区的人说，在金矿
闪光的不是金子
哲学的醍醐灌顶，让惯性思维彻底颠覆。一条矿脉
一定包含一场毁灭
有多少断裂，就有多少起承转合
那些闪耀青铜色泽的星星点点，才是金子的前身
带有某种记忆的锈迹

像舍利，遵从惟一的信仰
被一种使命驾驭，被一盏灯关闭，贫矿与富矿
内在的悬殊，风水先生看不到视觉之外的质地
龙脉与血脉，都是隐性的江山，譬如策动一个
锋芒内敛的刺客，杀机，是藏在图中的
一只猎豹

当年的疼痛来自某个红颜的冲天一怒
天翻地覆的重组之后，世界满目疮痍，矿脉用结痂
指认地层深处的裂变
嵌入骨头的伤痕，是用来批注的，结晶不只是苦难
有时，意外的熔点也有奇迹发生
如同一座火山说起与众不同的石头
是结束，也是开始

冶炼术炉火纯青，工艺触类旁通，看矿石
在高温中升华，再把熔炉的意念嵌入石头之间
整个衔接天衣无缝，无尽的折返，去伪存真
而循环又必须回到现实来经营
把矿脉植入人间，那无处不在的人脉，潜在的价值
千丝万缕的真金白银

页岩的书，藏有许多密码的读音，在地球深处
你用经年的沉默收集吼声
再通过流通渠道扩散开来
刀剑的鸣响，氢弹的爆炸，硬币的哭笑
金属与人类的关系
从来不分国界和海陆，那长长的掘进巷道，通往哪里
每一块矿石都强调自己的出身
酷爱一把洛阳铲和一弯崭新的马蹄铁
落实在刀锋的尖锐上，我知道
青草的苦痛是怎样的沉重

杀伤力来自地下，深不见底的洞，吐出的
是惊喜、利润和对血肉的摧残，行情暴走
或行云流水，或海枯石烂
打家劫舍的饱嗝在篝火上狂舞
赌石者开始把目光转向遥远的星系
灵璧石或太湖石，繁体字般通透、空灵
像千疮百孔的地球，被戳得魂飞魄散，没有人会说

这是什么劫数

钥匙用闪电晃动攫取的贪婪
燃烧的欲望，让黑夜更黑
那些沉默的蚂蚁挖出巢穴，不停地往洞里搬运
世间的碎屑。老子的道法自然，被钻头击打得支离破碎
人类不停地从洞里搬运矿石出来，这越来越精密的蚂蚁
要把地下的时光掏空，也需留下自己的尸骨
地幔之内的岩浆因无法容忍
血脉贲张

矿脉是不是地球反刍的结果，那个巨大的胃
也在消化我们的幻想，地上的河流是它的影子
水族的排卵期，矿脉也在孵化星星，直到有一天
我们把自己的骨骸，也掩进一层岩石
像恐龙化石和硅化木
成为大地的一部分

当雷声的巨轮从地面碾过，征服的号角伴随风的箭矢
无孔不入。你在火中流泪，在泪中淬火
流转的葵盘有丰富的内容，待拆开的信，只是
一笔交易中的数字，在算盘珠的拨动中榨取价值
你察觉到工业化的扫描，落日在临盆
众多草木开始摇晃，有的金属也会回头，可它们带来的
只能是更深的伤害

暗河在地下流淌，似乎要传达某种信息
你听见了提示，那是神明的点拨，地面上，过家家的孩子
五颜六色的石头，牵引他们纯真的目光
而在一旁，磨刀石上雪亮的锋刃
闪耀他们的前程未卜

你卧入一场慢性病的纹理中，雪的覆盖，石头的覆盖
不断加重病情，那深处的隐痛
你想到过虚火攻心，三昧真火
想到粉碎后的焚烧，那是一种多么绝望的无奈
你在替谁的泪水等待，集结的密度，比金属的草莓更光鲜
也更刻骨

再高或再低的山，于你都是一样，感觉不到挤压的痛
与离析的宽泛，你已经彻底麻木
金属溶液的沸腾里，命运泅渡靠岸，那是你自己的血
品位极高，通过火，找到水，找到最早的缘
蓦然回首，世界已物是人非，每个黎明都是
一个短命的夸父

矿产，在这个镀金的时代
不断刷新心灵的流行色
分析仪，藏在矿脉看不见的密室
那个戴眼镜的女子，轻轻摇晃小瓶
地球就不由自主地颤动，像血栓后遗症患者
时间的沙漏，倾泻矿石和无尽的光芒
有人在十字架上
唱着怆然的歌，荒芜的阴影正在吞噬
人间的断想

从米芾的《研山铭》里出发，我曾在一块琥珀中
埋藏纯净与心事，以及一段蜿蜒的长城
离开做旧的包浆，上升的云图，借谷歌的天眼透视矿脉
我希望身边是一片美丽的牧场
我的灵魂，已经在幻影里辗转反侧，怅惘从开花的语境
抽出手来

作为介词，我不想再联系阴阳两极，物理学的蝴蝶落进
夜色的灰烬，除了几只翼龙的梦等着起飞
这个死亡的渊薮，不会再有纸醉金迷的炫光
无边的黑，无限的黑，无声的黑
矿脉在凡间事物的禁地，守望着
斑驳的守望

打开的，是天堂之庭，还是地狱之门
没有人能说清楚，上到太空，下至王陵，你的足迹所及
也有生锈的时候
用咬碎的牙齿，武装了别人更坚硬的牙齿
当一切饕餮都疲于奔命，只有在万物沉湎的寂静中

你才能回到自己空旷的内心

像珍贵的情感总是来自苦难
剥离出水声、风声、低沉的呼吸声
矿脉，用石头的方言说话，说出《圣经》不敢说的
神话、鬼话、魔怪话，也说丑话、脏话、口是心非的囫囵话
说一句，在金属构件上抛一次光，直到用无话可说
对质阳光

你有足够的时间与岁月对抗，除非地球被掏成一具空壳
相对于诗歌，你显然莫衷一是，举目无亲
你并不觉得孤独，变形，变质，消失不了的
是物理的恒定性、诗性和
天然的属性

总有一条矿脉，被我掖进身体收藏
与血管链接，哲学的意义和皈依的虔诚
我希望那是一出落幕的悲剧，飘逸的水袖和拖腔
旷达，坚韧，直抵遥远的流云
会不会有未来的考古队，沿着我废旧的脉管
回放那失血却又自信的春天

一盏矿灯，使你的宿命暗淡
冥冥中就被谁抄了后路
矿脉，是岁月埋下的秘籍
抽出沉寂的无眠，那一笔枯墨，多么显眼
远不及版面上的一行标题，有血有肉
靠近你的虚无和寂寥

你能听到光阴的脚步，如同我
站在梯子上，感受火车碾过梯子的轰鸣
透支卡，被别人支取了你的沮丧
你，竟也成了惊弓之鸟
所有的落井下石，也溅不起滴水微澜
你把自己想象成一根记事的绳子
模拟导火索，引爆一个
轰轰烈烈的花季

似乎市场要比灵魂宽阔
像在书中寻找各取所需的词和字

你不是一条路，有人却把你当作路来走
金属的颜值，缤纷流淌，铺满世界
云朵，河流，树木，风，甚至咳嗽和问候的话
要走到哪里？绵延的山脉有知更鸟在唱歌
尾音总是要把黑洞穿透
维系你与世界的关系

命里有很多重复，可你
再也回不到原封不动的远古
你不停地腾出一些地方
那些以立方计的矿石，似乎可以填补什么
补天吗？那无限的蓝，像是谁的欲望
没有谁会停下来，对你说一句敬畏的话
一弯月被无端拉黑

有时，你是在替一个死去的时代受刑
那些呼啸锋芒的人，用一滴清泪阅读棺椁
叼着高耸入云的烟囱，就是想借用你的满身是嘴
吞噬这个越来越无聊又荒谬的世界
而他所能吃到的，只能是无垠的天空
此后，你就成了一条被遗忘的路，集散虚无
深陷于一个失去方向的单元

一切都在发生，你吞噬，也被吞噬，这之间
说不清谁是协从，谁是元凶
嬗变那么突然，来不及一丝迟疑
五味杂陈，相生相克的五行卷进画轴
司母戊鼎，还在展览商纣的颓败，张择端
还在《清明上河图》里蛰伏，而进化
是一枚黑白混合的棋子，占天元位
以落子无悔的强势，发出屠龙的指令

是人类的希望，也是人类的绝望
一根根隐形的绞索，拴着一代代囚徒的得失
悲悯是一剂苦药，须加盐，加糖，调以泪水
才能在渴望的阴沉木上发芽，并结出原谅
你原谅了爱因斯坦，原谅了诺贝尔，也原谅了牛顿
原谅了刽子手、光辐射、冷兵器
也原谅了落在广岛、长崎的“小男孩”和“胖子”

在原谅了世界上所有的生命和摧残之后
像帆船接受大海里每一滴水的祈祷

你坐在偈语的流水线岸边
看喧嚣退潮

B

矿脉是另一种烟岚，接近死亡的酣睡
什么都不为所动，延伸的姿势隐于无形
窒息的时限，从一粒星球的噩梦开始

地质学的犄角，总是那么狭窄
竹筒埋在浅层，约等于根系的位置
更深处，石头里，有隐性的皱纹不被触及

隐隐有生锈的铃声掠过
那些金属或璞玉，早已被古老的风水忽略
虚幻的鹤，飞进文字松软的巢

研究还在深入，深入夜色，深入岩层
物质的普遍性，压在石头的沟回里
比寒武纪还要遥远的时代，种下雨音

有人在酒杯里谈论雷电和超市的蔬菜
雪花落下来，没有谁伸出手去接
流走的，都是守夜人的河流与彗星

只有轨迹留了下来，在地底不为人知
如人体的任督二脉，通透小周天
我听见来自远古的呼吸，一波波切割耳廓

我喜欢那个夜观天象的人
一条虚线，击穿无数运算公式
矿脉于静止中深藏不露

抑郁症患者从高楼一跃而下
头槌触地，想探测那条看不见的河流
没有得到一点回声，他死不瞑目

用一只苹果的腐烂，画一个人间
香气的渗透，抵达不到无欲则刚的岸
矿脉在黯然的水面之下历数沉浮

还需动用物理学，揭示矿脉的存在
为电镀的辞藻遮羞，为矿石寻找出口
逆天的戟，用光芒寻找光芒

黄金、钻石、翡翠，这些贵族血统
用文字中最耀眼的词性
掩藏着最残忍的杀戮

板块，断层，也许是一截荒废的闪电
把余烬撒在岁月的底层，埋下
蓄意抹杀的一段风花雪月

刚柔相济的转换，身份有了变化
一封旧信，从木箱底部翻出来
时光的流水已不知今夕何年

交出来的，还有光怪陆离的隐秘
斑驳点点，总该有什么细软被认领
草原上散落的羊，都有回拢的时候

依稀有秋风漫过，渐进的冷
在深入中，岩石里有温度制衡
庄稼的成熟期，地下也是死水一潭

矿脉一定是活在别人的梦中
对于死过一次的它，多死几次无妨
贪婪的目光总让它无法回避

没有曲径通幽，开采都是长驱直入
合金钢钻头，来自地下，杀回地下
反叛的犀利，挺一杆势如破竹的旗

金、银、铜、铁、铅、锡、镍……
玉和钻石是另一路响马
炫目的穿越，台前幕后，戏里戏外

这个世界，一切都在置换
乞丐到皇帝，石头到沙土，海洋到陆地
没有谁逃得了命运轮回

谁说埋进坟墓可以求得幸免
凤凰的领地往往在死去之后凸显
一具白骨按响天堂的门铃

蚯蚓的地下之旅太肤浅，接触不到实质
石头的颜色不断加深，重叠的层次
一张纸与无数张纸，不断穿透的水和空气

在梦里豢养一条闪烁的银河
让一条道路长成一脉骨血
让飞翔的雁阵找到远方的家

一张网，在地下打捞骨质的鱼
殊不知，掏空的地球也不是鸟巢
光阴的大碗里住不下我们天大的心

我们都努力把自己打扮成上帝
借用一把小锤，敲打真理的木琴
归隐的，都是形销骨立的世外高人

一个收藏奇石的人，在河滩上漫步
他在从表象的细微处入手
打量一张张脸谱，或价值连城

奇石馆里的卵石，巧夺天工
是寺院走失的和尚，临水坐化
棱角都是打磨掉的记忆，身世清晰

用矿井的深度丈量天意，肯定不够
丈量世道，就更不够，秩序大乱
挖掘出的，往往都是野心的碎片

有时，我会觉得自己就是那个钻头
头冒火星，不停地旋转，一发不可收
最后发现，想获得的无非是一寸光阴

一诺千金，家书抵万金
再贵重的金属，不如一句话值钱
修行，也是在为自己造一座桥

我曾惊叹于经络学的深奥
意念之外，一条林带的平静
地球是不是也有阴阳五行，奇经八脉？

对应天文学、地理学、玄学、生理学
我越发觉得矿脉分支的四通八达
如毛细血管闪射低调的光芒

一条狭窄的春天或黑夜
僵化的事物，停留在古朴的岩画
它开花时，我已经走远

有些复制，是注定悲剧的
泛滥的掘进，使十八层地狱不安
那些隐居的灵魂也会造反

一条实用主义的鱼，藏在石头里
等待渭水边姜太公的钩，那飘逸
比死亡还缓慢，惊蛰也不能唤醒它

我需要一个更长的影子
把自己安放在无人发现的河流
从矿藏里提取天时和地气

像被进墙缝里的一卷经书，发黄了
以身饲虎者在阅读尘封的内容
再走近些，能看见许多陌生的脸

黄金的马蹄在物语的无声里奔跑
天边的雷，是遥远的回声
多米诺骨牌倒了，响成一片

操守的落地，只是一阵风的事
大象也是无樊篱的泥巴墙
只有蚂蚁专工于自己的事业

黑洞在不断放大，加深
铁牢里，排着长队的魑魅魍魉
正在释放出来，伺机横扫天下

春天在雾霾里溃败，花瓣遍地
草木的身份，都在石头之上
水滴，不紧不慢地做穿石的细发活儿

我在地理课本中发现自己的标本
红尘的福尔马林让我失去生命的迹象
也只有在石质的密封棺里才最安全

刀枪剑戟复制另一世界的暗语
我的手指在摸索那些锥心的创痛
每一块矿石都会入口即化

岩层中有守身如玉的温暖
我的心一旦贴近，就会含苞欲放
问禅佛祖的话，从莲花幽香中来

怎能说撒哈拉沙漠当初不是岩石
时间的粉碎机，可以磨掉一切
沙子，有时也会吹进眼睛

那些色彩各异的星点，也许
正是强暴者遗留的精斑
记载着一个不同寻常的过程

不像我，抚摸我的江山与民意
矿脉，没有人歌颂或亲近
当有人摸索到时，失守已迫在眉睫

来自低处，才会有尊贵和强硬
象征意义的诗，在行走中
拒绝一切近的和远的诱惑

仿佛在谁的心里，讨论地面的沧桑
某些悲欢离合，某些天灾人祸
让地球满腹狐疑，颠三倒四

有些事情，不能往深处想
崖柏站在石缝里，也能生根
更深的岩层中，也有欲望不曾消逝

隔膜无处不在，所间隔的，无非是时间
很久以后，一切不复存在
琥珀中的蝎子依然动态可掬

游离于事物本质的那些花朵
在行为的最后一页次第打开
以此标志生态世界的陨灭或重生

这栖居地下的静影沉璧，多么寂寥
总以为头顶有一双高跟鞋走动
失眠者一样踱步，想做梦都是奢侈

对于时间深处的花蕊，这些矿石
没有谁能用深度，把时针晃动一下
苔藓和杂草都打有哲学的印记

我总是把它看作一支潜伏的队伍
被迫出击，也安于寂寞
风雨只是不断地刺探和勾引

如果天梯没有了扶手，那么入地的门
也一定锈蚀了铁环的扣动声
我们都是无法挽回的沉溺者

矿脉一定是星空的翻版，系列分布
那些闪烁或不闪烁的不规则云带
也时有矿难哭出的雨水

一旦被粉碎，翅膀会晃动不止
人心也会颠簸不止，这一处处伏笔
让江山社稷命悬一线

一直觉得，矿脉的幻化也有锋刃
让我在辽阔中暗流涌动
但我已经不起太多的荡漾

也许，我就是一条无语的矿脉
我的卑微，不期望盛开
我的斑斓，不想被偷窥和发掘

看不见的声带，不被沉醉的思想
应一声丝弦的断裂，披雪而起
谁能说，我不是又一个喷火的林冲

卓尔

90后。毕业于中央戏剧学院戏文系。2002年开始发表文学作品，及漫画作品。2004年中篇童话《红蝴蝶和白蝴蝶》、《森林公主》入选春风文艺出版社出版发行的“小布老虎故事丛书”，成为年龄最小的入选者。在《文学少年》连载长篇童话《魔法珍珠》。2006年出版童话集《花开的声音》，并自配插图。诗歌作品散见于《诗刊》、《诗潮》、《诗林》、《诗歌月刊》、《诗选刊》等。2008年开始小说创作，作品入选《盛开90后——90后天才少年作家作品范本》、《春暖花开》、《90后新概念获奖者新作范本》等。2015年参加《星星》大学生诗歌夏令营。

时间的尽头

〔组诗〕

ZHUO ER 卓尔

一片雨遮我

一片雨为鱼儿落，
惊扰了初夏。
填满的池塘，
充满了银色的魂魄。
溅落四方。
而我愿意
也随它散灭，散灭。

细雨颠覆了城池。
魂魄挤满在路上。
人们前进着后退，
一直退到体内。
那小小的伞，
踮起脚来，张望。

而我拿着一片大蕉叶，
欢乐地站在洪水中。
没过脚踝，没过膝盖。
没过肩膀，没过双眼。

我终于看见，
她站在雨中，轻轻唤一声
“……”
目送一个背影消失，
走去了一个新的时代。

我终于听见，
那些曾经的存在。
历史后女子的呢喃。
被一场暴雨洗礼
身形俱匿。

我终于发现，
每个时代都在毁灭。
每个生命都在永恒。
我欢乐地站在洪水中，
有一片生命，
为我遮雨。

凌晨五点钟

肠胃翻滚着疼痛
微显轮廓的日光
酒意微升，在沉醉中
顿生一个美妙的梦

夕阳于我醉影朦胧
蹒跚行于街中
身体绵绵新生
你于路那头抬手顿足
笑意融融
离约定还有三刻钟

其实她不曾到
我望着你

你只望到车水马龙

像花儿一样

你不曾骑车
骑车便会载我
载我只会去鼓楼
这里街道四四方方
就像有天采购的婚床

风雪中的婚礼
我乘着婚床而来
这是我惟一的嫁妆
我要载你去看看荒原
再去看看我们的童年
还要带上那床新棉被
四角铜钱由妈妈精心准备
一生就只盖这一床

墓穴便是我们的洞房
大地就是我们的婚床
清晨时我收起了朝露
不忍心打湿那床被褥
太阳起落，两两相望

你说躺在那的姑娘
就像花儿一样

饮　酒

春去夏来久别重逢
再辜负一次这春荣
劣酒不请自来
饮酒可作诗
就像啃了铁锈的狗
灵魂又多了几分重量
你的头又无处安放
就像炎炎烈日中
垂头丧气的向日葵

床上那坨化学动物
渴望起一种反应
可畅饮死亡快感
迷蒙中起一个梦
平静时又会睁眼

手还紧紧地攥
无酒的瓶
渴求彻底的破碎
像是狗还在撕扯
粘上铁柱的舌头

时间的尽头

不敢入梦
害怕短梦匆匆
相聚又成空
沉默，伴随着冷气
住进了我的睡眠

死亡的细胞
新生的发肤
随着不可逆转的损害
翻滚搅动
你已被赋予春天的自由
惊叹绚丽的新生

而我在窗内
目光滞留在陈年旧景
那风景粗鲁、无味
相遇的时分
他年的重逢
离开的人终会
在时间的尽头
回归记忆的微风

望不断的云山
做不完的幽梦
那是深渊
我们融为一体
闭合的眼缝
我弃绝了光明

藏在深处
你说黑暗可怖

而我在那里寻找新的孤独

沉 沦

你与我
在爱与希望的深海中
反复沉沦
然后在天平的两端
我们孤注终生

怀着满腔的沙漏
不断流注的光阴
握紧了我的骨骼
我们浮尘而去
在大漠之中
追逐一匹野马
我们奔驰着
我们亲吻着
山穷水尽
掌中未来
忽然跃然纸上

相对于荒漠而言
我们是驼铃的记忆
相对于那片绿洲
在你的目光里
不是天堂或者地狱
是我能封存住的
世界最后的爱意

夜的真理

这一夜
我们都忘记了爱与憎恶
只是细听火车的独白
远送寂寞的车轮
在光与影中驶去

这一夜
我们都忘记了现实
饮着沸腾的水
那是你曾经燃烧的体温
杯中的银河
流动着失语的星光

你我变成了印象派
我们的意义只在于逝去
瞬间的美丽成就了我们
是你拉着我
蹚过浑浊绚烂的银河
落下的足迹
都是最性感的颜色

这一夜
我们不再需要善与恶
为什么夜带来黑暗
黑暗使万物浑浊
就像我们的存在
那一定是某种意义
我们为什么而生
你一言不发
只有黑暗的夜不停作答

死亡与新生

死是短暂的虚无
如同时间尽头
如同宇宙初生
死是惟一的温柔
是命运无情的眷顾
你热爱的大地
终会和蓝天相连
一如过去的人们
终会在未来某时相遇

死是周而复始
相遇分离，爱或冷淡
来来去去，走走停停
生而疲倦，盲目又从容

死是你我永远的明天
我们的未来因而相连
那该是疲惫后的终点
就像太阳回到深渊

云南昭通人。中央民族大学博士在读。出版诗集《诗摇滚》、《坐在对面的爱情》。

杨碧薇

雨的途中

·组诗·

蔚蓝

你无法长久地拥有我正如我从没想过
能长久地占有你

海啸托起生锈的沉船
我在极光肃穆里弹奏跳音

很久以后我变成轻脆的骷髅
成为印第安风铃上的一个零件
你开着老福特经过安第斯山
云朵下有蔚蓝的回声

那就是我未说出的一切
我曾把牡丹插进长辫，穿上扎染裙站在路口等你

我一再把徘徊吞下像新月吞着青蛙

你将爱上香草酒、暮晚的谣曲而我宁愿你猜不到
我的宽容出于绝望
我把寒风卷进衣袖才能一个人
在沙丘上潇洒地走

轻风

我不敢妄断：经受了足够的淘沥
笼罩着我们的沉重是否会变轻盈
我锁在玻璃盒里的碎瓷片
又如何从不朽中张开羽翼

我的勇气正朝着虚无漫射
你坐在窗前，将掉落的纽扣重新缝进大衣
十二月啊，蓝色刷新了天空
阳光照着我们的影子
我假装把这一切视为抒情

即使是这样的上午，也从不停留
我们在更多地侵略彼此
而我想到未来，然后忧愁
我想走开，站在世界的外面，站在

有白色海鸥的海上
把回忆与战栗一点点掏出来，沉到海底

那些都有关你，也不全关乎你
天冷了，我把围巾缠了两圈
让上面的花朵和刺
把脖子勒得再紧一些

它们在风中疯长
就像流水漫过沉默的岛屿

雨的途中

五月没有下雨。
该下的雨，在阳光的口袋里翻滚，
它们吸噬所有的非我，
裂变的同时忍受裂变。

天干地燥，火光在伺机叛乱。
你爬上童年的果树，蜷于阔叶之绿。
我看见缓缓摇晃的光带，
在你的里面，在我们之间，
折断。

清晨我们在灰色的房间，用不完全的锤炼，
实施对彼此的抛弃。
傍晚，整个沉闷的世界，铁屑激昂，
膨胀、膨胀，
占领你有限的床、无尽的欲望。

直到这循环裹挟了黑夜，
雨还没落。
两个平行的星系，
你点亮头顶灯芯，
我如残山静坐。

孤　独

盛夏持续发力
我的宝塔伞，还没预备好
在这样的天气里，从容燃烧
偶尔能看到三四颗星星
那只不爱动的流浪猫，会不会悄悄去了远方

黄昏任性地漫长
谁把半开的窗上
散步的光斑，偷走了

一切和你走之前一样

今夜，出租车过林荫大道
风吹树梢，一路浪潮翻卷
我想象着或是回忆着，你用手指轻拨
藏在我身上的转经筒

突然好悲伤呀
但这悲伤卡在喉头
我如何说出口，又如何吞得下

谷雨之后

你来之前，那支烟还有两秒熄灭
它预备一场告别的单人舞
要在体面的旋转里滑向南极，朝你消失

而你带着一个错误出现
凝视了它最后的幽暗
和在人潮对冲中，蓝裙飞扬的徒劳折返

你也并不明白我
把自己放在镜子中，留给水银的背影
我像在躲避亲密的仇人，故意
错过整个花期

是啊，惊蛰那天美人还在沉睡
春分我们没有问候
很快，谷雨啦
世界的变化，并不比我内心的多
它不比我匆忙，也不比我无助

凌晨两点，在郏县醒来

这个点选择清醒是可疑的，它挖着你

让你弃用海水、孤岛和荒野的比喻
严谨的窗帘围住宫殿
琳琅的器具摆满坟墓
这一切，在你内心的影子下
弥散出骄傲又虚幻的赞歌

你抱着被子靠在床头，没弄出
多余的响动。但无物之阵仍让你四处碰壁
你想起白天，在安良镇参观了易碎的瓷器
满溢阳光的山坡上，你用手指小心捏住
冻得发紫的蛇莓浆果；你想起
那么多的朋友，那么美的酒，那么长的路
为何一到夜里
我们所渴望的一切，就变成价值观的伪命题
为何你身处温暖的蛹内
却想回到二十年前，蹲在会划破皮肤的草丛里看
　星星

你想倾诉，对最衷心的敌人
当这叫时间的大胡子走来时
你却不愿起身
为他冲一杯咖啡
头脑中，艾米莉·勃朗特、可可·香奈儿、伍尔夫
三毛、杜拉斯……还在辩论，为你带来新的困惑
她们的问题，都无法在生前解决

而这样的夜晚并非有害。你听
有一种大景观越来越清晰
愿余下的杂音，能与你的骨头善意相处
如你跋山涉水，也将陌生的郏县，轻轻放入自己
山河的版图
睡吧，在天亮前，请温柔地更新
天亮后，你要戴上孔雀翎，走进沉默的象群

我一直在寻找一棵自己的树

在我生活过的百色市，挂满红线与纸符的大榕树
年复一年，扎根在街尾巷口
说不清是它们，还是久居于此的人
需要借助一点仪式感才能
越过长夏中漫漶的绝望

在哀牢山，我曾误入神秘祭场
秋风暮晚，满地零碎的动物内脏，一边流血
一边歌唱。它们身后的祖宗树
在我转身离开时，轻吹木叶，弹指挥尘

有一年三月，车过呼兰河
尚未爆青的桦树旁，光点载着冰层浮游
我想起萧红，她离家出走时
是否曾抱住树干，用棉衣里漏出的寂寞
为受冻的自由取暖

当然，树里，也有极其明亮的
那些年，海口的椰树下少不了我们的文学圆桌
后来有人漂洋过海，有人留下长居
蔚蓝的海岛，还会结出许多
浆汁饱满的椰子

这些树，都本能地洞察到
我的某些侧面
好像只差半步，我就可以与唾手可得的理解
嫁接、共生
如果能忽略——我们之间
圆柔的附点、廉价的掌声
但其实，我一直在找寻
一棵真正属于我的树

现在，漫步在河南临沣寨的红石城墙上
这棵树，终于从我心中凸显出
它无藤无蔓，无花无果
一道道枯枝，与我的掌纹盘虬相结
早在一千多年前，它就不再争辩，只用线条显影
挺拔与辽阔。它无限接近天空却与天空保持
审慎的距离。在天和大地之间
它用自身完成这个词：
我。

林间风烟，偶尔轻拨一两声古琴
那是魏晋的、宋代的回声？
还只是我自身
化整为零的呼啸……
这些已不是迫切的问题，此刻
我看着我的树，我们一起走进
繁华深处无声的流水
一生中，不可多得的笃定，大约就是短短几分钟
但我们确信对方

已全然拥有彼此的
蔑视与从容

裂

有时候，我会一个人走进书房
合起百叶窗，蜷在榻榻米上
看费里尼《孤独三部曲》
我喝黑咖啡
哭
憔悴

这并非对日常幸福的抗拒
突然的失落，也不能助我看清什么
我越来越感觉自己
隶属于某种虚无的价值
当远方拉动琴弦，我就是它指间
一枚痴狂的皮环

除了你我还爱谁。却又无法给你全部
你看，一天天，那包紧我的茧上
灰尘又厚了一点

暮　春

东风搬走我空中的后花园
一座城市——两卷残篇
我们用迥异的句法书写，终达成默契：
我确实　没抓住春光
末梢的流变与暗示
而它无形的扭结却强加我一种鞭笞
尽头未尽　我的热带雨林
被灰烬封印

所有事情加速扬弃
敏感的花粉、过度蓬勃的流行病菌
眷顾命运的妖精，不再于掌心施展魔法
在你眼里，我脸上并列的黑洞
正向着无限扩张自己

我终究是解冻的湖水呀，该流往何处？
“我们的青春所剩无多。”

阳光，狠掮着未落的话音，人还在树下等人
我不再确定——
一次又一次
你是否在这条道上停驻过

你会不会也一个人走在冬夜大街上抽着烟

明亮的灯火，好看的眼睛
是为了迎接谁
大道，在风中挺直身板
将分岔与曲折藏匿于宽阔
是为了让谁越走越累

一个与自己不停较劲的人
面对爱，和它背后神秘的力量
感觉手心发热，而烟头
从红变蓝，由蓝变小

我从未像此刻一样想你
也从未像此刻一样迷茫

唐口一夜，一种该死的走神不着边际

该怎样故作镇定呢
电箱琴已牵着贝司的手，去热带浪迹了
Penny 的《怎样》，提前将仲秋
喷满房间

杨昭在讲卡佛，李长江在听
影白和罗方雄，一个醉了，一个没醉
碰杯碰杯再碰一杯
李荣先端着葵花子，从窗户右边晃到左边
芒原哼两句歌，又去陪四岁的儿子拼塑料火车

在唐口呀，壁画里的飞天
没能把沙漠的风
卷进滇东北
我的苍茫越深
灯光就越红。越红就越暗

世界好安静！我滴酒不沾
趴在桌上走神
走啊走啊，就走到三月的路上
你和我一面废话
一面把交叠的影子挪正

走到分别时
还有一半的星空未完成

你早，三亚湾

富余的蓝，高纯度的蓝
沙鸥、邮轮、三角梅
等待日出的恋人，他们在月光下亲吻的影子
涌向你，向你俯首称臣

我们把贝壳摆在礁石上
浪花跳起狐步舞时，它们就说出
海的秘密

在三亚，我多希望
自己已走到世界尽头
这是蓝的王国，蓝让海天一色
让清风徐来，蓝让人与人交流的眼神
变得轻快

但巨大的陆地永不消失
这蔚蓝的尽头，总在烈日下
挤出丝丝凉意
将它们塞进我的骨缝里

假如你是伴郎

车开得真慢。后座的四个伴娘
昏昏欲睡。泰国新娘从副驾驶座
转过头：“亲爱的们，high 起来呀！”但
谁都知道，累了一天，凤霞路软软的，
月色吊在它耳垂上。

新郎说：“你们需要刺激。”他将手
从方向盘上挪过，扭开音响。Green Day！
所有人，来了精神。《21 guns》嘛，我喜欢它
酷毙了的节奏，胜过喜欢歌词。“把音量开到最
大”，
我们要求。

闹房的地点，是皇马 KTV 包间。停好车，泰国新
娘
走起路来，蕾丝晚礼服上的亮片，
就随着背部的曲线闪。我们的希腊式长裙，
裙摆随风飘。走过的人都在看，
那就看吧。

我们下定决心：不参与胡闹，无论伴郎们
如何表现。我们要小声谈笑、静静喝红酒。
万一被捉弄，伴郎来索吻，
怎么办？
不给，绝对不给。他们不是你，而你，
连伴郎也不是。

假如你是伴郎呢？四个伴娘，你怎么选。
不，无论伴娘多少个，你必须
只属于我。
即使只是闹房游戏，你也要和我
狠狠地，做成真的。你应该狠到
拼命地做，不留一片荒芜。

你不必表态，反正，远方是你的金钟罩。
脆弱的幻想，穿着玩笑的外套，进行到一半，
我们就搬出黑夜和睡眠，
这两面挡箭牌，真是再好不过了！

多年后，会不会也有这样一个，华美而
阑珊之夜，我已不再年轻。
我忽然地微醺，对别人淡淡说起，那时
我和你。

传奇与废墟

□杨碧薇

假设你现在的坐标是我的母校海南师范大学，假设你沿着种满椰子树的道路走到校门，过人行天桥，来到龙昆南路的另一侧，就会看见伫立在路边的中国城。在听多了老一代人再三讲述的“闯海人”故事后，我曾怀着无限的好奇心，前来观看这栋早已废弃的建筑物。

透过紧闭的玻璃门，我打量着里面的大厅：天花板上的镭射灯被蛛网包得严严实实；地板上堆着厚厚的灰尘，即使是龙昆南路昼夜不歇的车马喧哗，也无法惊飞它们；沙发和桌椅凌乱地叠在一起，像一群被遗忘的符号，那些曾经覆盖它们的身体，如惊鸿掠过，在时间里苍老……但这些都不足以畏，因为，正如里尔克所言，“这里还有更可怕的东西：寂静”。

这就是中国城。二十世纪九十年代，它曾是东南亚最大的娱乐城，名噪一时的东方红磨坊。我想象着：灯火璀璨的夜色里，中国城的大门外曾站满数以百计的美女，热风裹着海洋的水汽，沾湿了她们的鬓发。纵横四海的闯海人，在她们的热烈欢迎下，一头扎进了这个太虚幻境。我听闻，几乎是在一夜之间，多少年轻女子辞去公职，只因在这里陪一场舞的收入，抵得上半个月的工资。然而，几乎也是在一夜之间，一掷千金的辉煌不再垂青于海南这座梦想之岛，诸芳流散，春梦如烟，荣耀与繁华“宛如风前之尘埃”。我眼前的中国城，正是那一段历史的活化石。它用沉默与颓败等待年轻的我——那时，新世界的大门正向我打开，我已经看见前方的奇珍异宝投射过来的光。

也正是从那时起，在进行了兜兜转转的文类尝试后，我开始认真对待诗歌这件事，无论是写作还是研究。当然，我还太年轻，不足以清晰地意识到：我的生活，本就一直迂回在艰难的跋涉与一个又一个的传奇中。在我有限的经历里，那种在黑暗中挣扎着向上的欲力、跌宕起伏悲欣如歌的青春，为我掀开了颇具弹跳度的大景观，这一切，宛如我少女时期常常做到的梦：我张开双腿，每一秒都在越过一道道山脉、一条条河流；高山与峡谷、平原与大海在我身下撤退。2016年底，我重返海口，用“故人 + 陌生人”的身份再次去体悟这座城市，同时也反观自己的诗歌书写，这才触摸到一条隐线：传奇与跋涉相互砥砺，产生一种必然性，使我投身于这种大景观。它陶冶着我反性别、反秩序、反呢哝软语。世界太磅礴，更多的问题在朝我涌来，若不想被击倒，就只能伸手拥抱。而诗歌，正是我痛苦的思考、纠结的情绪的一个出口。

另一方面，诚如对中国城衰败的形象念念不忘一样，我摆脱不了废墟的诱惑。我觉得，废墟是一种现在进行时态的死亡，也是对现实秩序的否定。我心中有一座废墟，我对生命最初的理解源自于此，它也是命运、爱恨、离合的源头。它是站在上帝对面的声音，拥有危险的力量。其危险并不在于强度，而在于其缠绕与绵延的能力。在《桃花扇》、《红楼梦》、施叔青的《行过洛津》里，在 Sopor Aeternus 和木玛的歌里，我感受到了它。这座废墟使我保持乐极生悲的本能，并且提醒我：离繁华远一点，离流行的写法远一点。正是因为废墟的存在，我还在相信一种与热闹全然不同的价值、一种自己独有的美学。与其将诗歌修建成虚假的精美宫殿，倒不如正视它废墟的一面：它的断壁残垣，它的碎片，它的稍纵即逝的激情，以及——再往后看一点，它在时光中弥射的更大的空无与从容。

传奇与废墟，是与我常相伴的两种光景。传奇构成了我诗歌的面貌，诗歌又让我认识到自己的限度，而废墟恰恰是一种审慎的限度。Z

陈　丛　冰又可　郭紫莹　张艳庭　李继豪
贾假假　向　尧　许扬华　李绒绒

陈丛 CHEN CONG

1993年生于北京。澳门大学中国文学专业硕士在读。获光华诗歌奖、重唱诗歌奖、樱花诗歌奖等奖项。

事 件

巨大的黑环套牢我
捆挟的时间逐一清醒
拒绝，经久不息地不安
在微弱的台灯阴影下层层剥离
我身后熟睡的人心脏起伏
用袒露的肌肤承受夜风
四点刚过，清醒的鸟
撞向空洞无望的建筑物
那高耸的支架阻碍它们飞回南方
我听见有人推开窗
生锈的吱吱声扩展出阴沉的光
那试图抱紧我的黑色羽翼
不可能是你的手臂

二元论

“让我们来谈谈今天的文件
今天的戏剧人物如何写。”

他们的着装举止，言语谈吐
应该向谁鞠躬尽瘁，向谁面露威仪

我们，公共领域的设计师
要尽情策划合法的舞会，影子的社交

永远触碰不到结局的戏剧
尽情想象，甚至看到自己就犹在镜中

在他人的面孔里加以识别
这些人物应该有怎样的背景?

融入情景，并开始考虑命运
带上骄傲，公平，以及若干同情心
备受蛊惑的写作，酥麻而神奇
让曾经处于运动的悲伤趋于静止

舞台效果，一种极佳的观看体验
我们由此获得创作的——动力?

我是说，他们是否需要：对着我们
面带憎恨的脸？渲染上等级观念?

放轻松，没有什么值得浓墨重彩
他们只是一些幕布下移动的人群

灯光师的爱好足以照看
喜怒哀乐不依靠剧本决定，无需设计

“把所有的东西都搬下舞台吧
一切都结束，让他们都散了，彻底散了。”

（我们的人物，或者说“我们”
终于收获一个低下阶级不安的立场）

鹳山公园

草木风声势未安，孤舟惶恐再经滩。
——郁达夫

我从未离开过鹳山公园，空气一直稀薄又凝重
桂花的花瓣占领我的衣襟，如星子的碎片
落在隐蔽的、迂回的、阴湿的路上
浸润历史足迹的细雨，总是先于我到达
低头看，衣冠冢埋在野草堆里
（一个严肃的法官，一个风流的才子
更像是一生感受到一种相似的经历）
前面是严子陵垂钓处，视野格外开阔
微缩于废弃码头生锈的时刻表
广场上晨练的老人耐心听着新闻广播
或是跟着音乐节拍，缓缓前往山路外最温和的树林
少妇坐在江边喂养新生的娃娃
他的小鼻子细细地嗅着，肉体乃至整个地域的芳香
栏杆外，晒得饱胀的橡胶跑道

青年正朝着最后的一百米冲刺
他们大汗淋漓仿佛要铺开更多的记忆
几个外国人躺在咖啡馆旁的吊床上
他们闭上双眼小声低语，不问为何身在此处
骑摩托车的人，背着包裹的游商
拥拥挤挤。远去的渡轮满载岛屿上的居民
承受所有救赎的期望。他们每天横渡这绿色
就像那些未知的前途都浮在富春江
它们漂泊，闪烁，倒映出光洁的卷云和星辰
那些浩瀚人群的影子终于逐一变小，直至消失
我还是如此悲观，紧握母亲的手不肯松开
旭日沉落，冰冷的愁绪如幕布倾泻下来
遮挡了百里外桐庐的水路
远处几阵喊山的声音，一个巨大的钟罩在扩展
然后衰落，渐渐地藏匿于无形的力量
我们向江对岸望去，脚下隔空的船板像风火轮
划开水，又迅速缝合烫红的伤口
急速调转船头，就开始崭新的一天

冰又可　BING YOU KE

本名张洋，1994年生，江苏泗阳人。就读于淮阴师范学院。

一只黑色的鸟

那是一只黑色的鸟
一只在树梢扇动翅膀的鸟
一只在雪地里发呆的鸟
一只像旧式战斗机一样，呼呼飞过我头顶的鸟
一只像子弹，不过总能绕过前方障碍物的鸟
一只没有洗过衣服，没有写过诗的鸟
一只在雾霾天，大呼小叫的鸟
一只腹部柔软可爱的鸟
一只渐渐不会鸣叫的鸟
一只在黑夜的某个神秘角落睡着的鸟
一只始终让我们不知道在哪里死去的鸟

不一样的玻璃

一块玻璃
与另一块玻璃
看起来一样
可它们的不同之处
是看不出来的
一个可以轻易砸碎
一个却很坚固
甚至子弹也无法击穿
这就像
今天的你
和昨天的你
有什么不同
是看不出来的

在秋风里，想到一条无话可说的鱼

一条鱼想不了那么多
只管乱蹦乱跳
在空气里
那些长得像翅膀的部分
变得毫无用处
一条鱼在水里
游来游去
从不嫌烦
只顾游来游去
不知道秋风的滋味

郭紫莹 GUO ZI YING

1995年生。首都师范大学本科在读。黑龙江省作家协会会员，黑龙江省散文诗学会会员。

把花插进枪管里

在羊群脚下的土壤里，无战事
黎明是黑夜的伤口，撕裂的人们触摸不到
大地的伤痛，树林里，只有一类人活着的
与消逝的光相对
手里还有村庄的小男孩送来的半个核桃
他躺在我身前，黑色的骨骼在灰烬中
吱吱作响，核桃比男孩身体的温度还要热
战争排练的间隙，是谁把花插进枪管里
中间紧握枪管是被绝望熏染的双手
下面是破碎的麦地和一只残缺的脚趾，上面只有花蕊
被炸弹挖掘后的平原是无法用鲜花修饰的坍塌的
罗马斗兽场。决斗吧，用一朵花瓣的香味
枪管是最美的花瓶，它胜过一切正直的根茎
一切的一切的一切

读面术

他们在两张隔着封面的扉页上阅读
他们在图书馆落灰的架子背面陈列
他们在椅子钢筋支撑与柔软坐垫之间挤压

他们开始相爱，变成柔软流出的火焰
他们各自为政，开始占有者的暴乱
他们恍然记得的确有人在凝视

他们用指甲画出书签的形状，
他们忍受着疼痛，用这种方式积累熟悉的回信
他们用冬天圣诞树的枯枝，做成心脏支架
——等待火山的循环，草莓果酱的味道
他们很久都没尝过。

她的早晨

她一直在寻找一个合适的托盘
精装诗集的硬纸板恰好托起待热的碗
好像也能托起家庭的清晨

开放式的厨房是一个未闭合的指环
套紧她短粗的食指
微波炉里鸡蛋的香味和文字一同走过她的胃
脖颈的皱纹和鸡蛋的膨胀一起，被重新摊开
热鸡蛋的时间是读一首短诗
温牛奶只用把诗中炽烈的句子再读一遍

微波炉叮了一声
她瞳孔张开的一瞬间，看见自己变成
那个站在母亲身后焦急等待吃早饭的女孩

今早我是两只刺猬

梦还没写完的须臾
空气是阴冷的蓝色
镜子里的我，在破碎的角度里
是一只刺猬，和另一只刺猬

我久治不愈的感冒
溺死在清晨的一滴积水里
抽纸比昨晚的厚度少了许多
刺猬的窝是纯白的
厚实又暖和

一只刺猬是我聒噪的左耳
另一只刺猬是我缄默的牙齿
一只刺猬拉开未来得及锁上的眼睑
向邮筒里投递面对世界的质疑
另一只刺猬蹲坐在井边
打捞我的舌头
沉默的答案是惟一的原理

他们一滚一停，一摇一晃
刺上长满夜半惊悸后的山果
储藏在春天的潮湿里
变成珍珠

一只刺猬说："用我的刺
给你做一柄手工的梳子。"
在拥抱时为另一只刺猬
梳理
鼻尖细小的绒毛
两只刺猬的体重
是共存在体内的音高

今早，两只刺猬全都苏醒
理智告诉感性
一只比另一只起得更早

张艳庭 ZHANG YAN TING

1983年生。同济大学中文系2016级创意写作专业硕士研究生。中国作家协会会员，《延伸》诗刊主编。

上午的秋雨

雨水穿越了谎言
让我的阅读为它提供范本
为一场雨的落下
提供最轻的字迹
提供天气中凉爽的印刷术

秋天已从田野中走来
城市的围墙已被露水攻破
而空气中的风
攻破的是
我们停留在夏天的胃

啤酒已不适应这个季节
我用一杯茶来代替夜晚的星露
用虫鸣来代替晴空万里
我们在镜子中
已转移了自己的方位
让那个想象的人找不到我们的踪影

雨在门外不停地下
把我的阅读阻挡在一个房间之内

空气中洋溢着一丝暖意
这是上个秋天
在我的书页里
留下的一缕花香

沉默的警钟

沉默又一次为我们敲响了警钟
这是时间走动的第二十五个钟头
镜子里出现了大海的模型
让室内的温度
也在眼泪上发生变化

冰又一次偷袭了
这个春天
就像火焰偷袭了黑夜里的瞳仁
就像梦
偷袭了我们身体发黑的部分

诗歌撕裂了我嘴唇上的语言
就像天空倒映着大海
一朵云倒映着天空中
洁白的羊群
而大海的伤势越来越重
波浪在大地上摔倒
然后骨折

又一阵风吹来
拂动了我身边的月色
就像一阵涟漪
让一个池塘被铭记
那些被梦描述的文字
一经我们的理性确认
就消失在纸上

太湖石

我被精确的春夏秋冬镂空
我被近千年的古树变瘦
我被池水中浮起的红色鱼群变得透彻
我被一朵静静地开着的花漏了出来
但我仍然无法成为太湖石
重量压在大地柔软的部位
秋天很干净
它的皮肤一尘不染
而我透彻的白是白发
它透彻的白
是秋天的骨头

无数画幅被刻满印章
无数块石头轻盈地立在云上
那些开早了的花
那些开迟了的花
此刻都聚集在了我的身旁

李继豪 LI JI HAO

1996 年生，山东淄博人。华中师范大学本科生。

青石关村的青石碑

春风骀荡。坟头一茬矮过一茬
麦子和稗子把亡者吃进地里
村头的青石碑依旧不肯服老
从前，我在许多危房的檐下躲过雨
从前我穿过许多有花蛇出没的小径
一天天长出疲惫的四肢

二十年里，我说过的
最多的话，是：慢些，再慢些
身后的祖母已经跟不上了
我的体内有一条不由自主的河流
还是不能停下来
碑文潦草，还是那群深不可测的故人
还是被旧疼痛追杀，还是：
祖先流汗，我流泪，流血

蝉声散尽之时

阳光透过来，不再提起黑暗
面对空壳，最好的交谈莫过于鸣叫

用大声音说出小意思
我们的夏天短暂而自由
我们日夜喧哗，面对同一棵树
却从没厌倦到失语的地步
当翅膀和落叶的脉络恰好重合
秋风正紧，已是十月
我们只好各自退回到土里去了

不可说

已经过了吃奶的年纪
依然对乳房感兴趣
已经不再挨饿，依旧
紧盯着别人手中的面包
身体的秘密总是如此浅薄
却从来无法被清晰说出
就像一些灰尘藏在褶子里
惟一的清扫工具和钥匙锁在了一起

所　见

只有在天桥上的事物是缓慢的
晚归者川流不息
巨大的十字伤口横陈
只有那个熟睡的中年人是自由的
在树干和货车之间搭起吊床，淡淡的风
停在他发亮的鼻尖上。走出医院
只有隐约的疼痛是真实的
我对命运的态度一如一再压低的帽檐
步子摇摇晃晃
视线越来越短

贾假假　JIA JIA JIA

本名贾昊橦，甘肃庄浪人，1994 年生。天津城建大学土木工程系 2014 级学生。

我用高兀的植物来表述爱情

她说，平原适宜飞行。她
快乐得像只鸟，双手一伸，就消失

种山的人善于制造波折。我造桥，又引了山路
遇到大的裂口，只能用几十米高的云杉填平

翻过贺兰山，是几家黄泥屋子。种蒲公英，芨芨
　草
背处又撒了青苔。这里适宜居住

“请长得浅一点”。

我做完一天的生活
看着它们交配，生殖，交配，生殖

沾水的地名

我的家乡叫甘肃。往小点叫平凉，再小点叫庄浪
到了一个叫水洛镇的地方，就不能再小了
我也是每年从这里出发，念大学
记得第一节课上，辅导员让我们介绍自己的家乡

“黄土高原……常年缺水。”
我转过身去，用粉笔写下
这个带有先祖咒语的地名。并相安无事地
与一些五湖四海赶来的城市接壤

定山术

铺开一张山势地形图，和铺开一张
皱巴巴的，中国宣纸
没有什么区别
打开笔墨，不如对着镜子，一一解开衣冠
就这样，我异常安静地褪去
他的青衫
把一些草啊木啊，从身体里抽出
把乔木林还原成灌木丛
把关节阵痛的隶书，请到终南山
把秦朝的统治，放在偏远的昆仑
流放匈奴。添上牛羊，并让他们水草丰茂
再褪
拔开一层麦子后，我终于像
发现一窝蚂蚁一样。发现我的祖辈，他们
像一窝蚂蚁一样的

团结，勤劳，黝黑。啃食着
赤裸的地脉
吹开这些，可爱的缔造者
一张图的最后，还是没能找出
传说中的五指山
以一个莫须有的地名，在碎语里
存活
一张图的最后，不如看他
重新苍翠
看他，蘸了手浓墨，一巴掌拍下来
说，定
桌子之上的河山摇了摇
这些东西，顺着祖宗的血迹
压在，我们体内

向尧 XIANG YAO

本名向浩源，四川达州人。就读于华中师范大学文学院。

妹 妹

我是母亲的第四个孩子
前三个都是女孩
贫穷的岁月里
她们没有推开人世的大门
姐姐来过
姐姐走了
那是母亲未了的心愿
多年后的一幕：
医生从手术室出来
把从母亲体内取出的器官给我们看
从此以后
她拥有一个女儿的梦想破灭了
好多次她失眠
陷在沙发里
也有许多次她从梦中惊醒
安静地说，刚刚她们来看我了……
那令我反复回忆
十岁的那一幕
一个白大褂
举着刚刚切除的子宫
给我们看
我还不够高　只能仰望
浑浊的药水里
不忍直视的一坨血肉
那里曾是我的家
从那以后
它是我的妹妹

咏 梅

梅花落到枝头已是初春
炉盏移到天边
取暖的人聚到树下
孩子们转着圈，恋人说着
只能被风听见的话
他们嬉戏、欢闹，笑容
没有一丝多余
那样斟酌着　恰到好处
冷风生起
带着心有不甘的温度
惟梅花散落
方才像那时一样
他飞身跃出
卑微的人，再一次拥有了
爱的冲动
它缓缓飘浮，不着急掉下去
仿佛在回味过去的日子：
以前我们无法承受冬天
现在我们深深理解它

许扬华 XU YANG HUA

笔名家马，1994年生于贵州黔东南。就读于西北民族大学。创办民刊《黔地文学》，任该刊主编。

信 徒

白塔寺对面的住户大门开着，一个回族阿婆
从她那双眼睛
窥探信息，一双像井
一样深沉的眼睛。盯得

花坛的青色杂草像绿色的湖泊
剪过的杜鹃花在湖面漂浮
一只白猫，一只黄狗，相互
打趣，挑起
一些开心的事争辩。钟声

来自白塔寺
对善恶因果有所了解
对它，有无数不同猜测的解读
声音带着虔诚，在空气中比划
一个圆圈，好像
把所有的疑问圈在里面

活在尘世，一个客人
和草木虫蚁一样度过人生

通往这个世界的比喻

注视启发性的水面——打旋的水
消失在芦苇间，黑色的雾霭中。他们知道一切
环绕在火红之中，躲开了事实和历史，
天空忍住了雨，太阳忍着光。
他们知道枯干的事物成为语言之前，躲在一扇门后
有关新世界，也许就是烂鱼。
舞蹈者不为特意拍摄而倒下，
干干净净的生活方式，对生的态度
跨越国籍，跨越种族。
他们的心中有火，不是为雕刻的遗像。

火噼啪作响，想象未焚化的飞蛾，
仿佛它就在那里。没有愤怒，激情把它
提供给真实。“世界偶尔会发生的诸多
罪恶，子弹瞄准打结的绳索
船抛了锚认作海的癔症，描画白月亮
在黑墙壁，世界延长又销毁。”他们如此这般说。

李绒绒 LI RONG RONG

1995年生于甘肃静宁。就读于甘肃医学院。诗文散见于《飞天》、《北极星诗刊》等。

女青年，再见

八零年代的皮裤和黑蕾丝手套。
烫发，烫个大卷。
天堂是无处落脚的人海，
停靠变成了陆地和方舟。
嗨，女青年，中华牌的香烟换了包装，
还有八号照相馆的照相机都装了彩色胶卷。
那些地铁口，那些背包客，
呼喊着去西藏的男青年，
他们停靠在了川藏线上开了一家油茶店。
生意红火，孩子热闹生活。
你走吧，女青年，甩开你不想要的人生，
哭完所有值得哭泣的事，
可以欢唱你的歌了，
可以告诉我你的秘密了
女青年。

北风里

在北风里和一位朋友长谈
我愿意，将旁边的木凳劈成柴火
抓一把白米，听它在铁锅里咕噜

我们之间，
说起了老家的房子要拆
说到了同窗同学的姓名
藏在我心里并不完美的男人

我也愿意联系那些没了音信的朋友
同意去那个年代走走
重新汲取内心忽略的善意

中国诗选
CHINESE POEMS

霍俊明
方石英
扶桑
张二棍
聂权
武强华

松针是另一种时间〔十一首选三〕

霍俊明

黑色蜂箱

车窗是每一个人的镜框
你可以呆立，可以静默，也
可以观望

车窗外的麦田收割后正在焚烧
并不晴好的天空是植物尸体烧焦的气味
那一年
我把刚刚从田野抓来的
蟋蟀蚂蚱油葫芦蜻蜓一个个掷进火堆里
饥饿的乡村在一瞬间成了食堂

火车不改方向地奔驰
身边的座位已空了几个小时
那是一个陌生的位置
深蓝色的座椅已经有些磨损

如果此时我走下车来
也毕竟是这里的陌生人
一个黑衣人在夜色中登上月台
再次翻开书页，哦——

里面全是黑色的蜂箱。

橘子树杂交的

在欧洲，天空是蓝的
女神也是存在的
可是我看不到那些抽象的神

我只注意到
女孩的金发在地中海闪着黄昏的亮光

行道树是杂交的橘树
黄灿灿的果实无辜地摇晃和坠落
这多像那些着白色短裙的姑娘——
她们就站在街角
她们并没有被生活所眷顾

雨在黄昏时到来
杂交的橘子如乳房在风中碰撞
鸽子浑身闪着雨滴来到阳台上
她隔着玻璃窗
她像极了雪地里的柏拉图

夏日兼怀陈超

“你是一个心存醉酒愿望的人”
这是你离开尘世时说的最后一句话
你高大的身影微微有些晃动
犹如小小的闪电旁敲侧击
失眠是你跳离这个尘世时最后的赐予

重负与神恩
你都已经领受
你把自己打包又凛然撕碎

此刻的北方只有玻璃杯盏，轻轻
晃动。是的。我曾在杯中
豢养一只金黄的考虑

年纪大了，已经不再需要
一双红色的筷子扮演向上的梯子
手指敲打杯壁
兄弟间需要一场大醉，相拥胜妻

那只年幼的老虎曾在酒浆中起身
试图从杯壁抖动渐渐成熟的金黄条纹
我将火柴投入其中
那时夕阳不大不小，夜正渐渐暗下来。

方石英诗选

〔组诗选三〕

方石英

漂泊的盐

想起台州，便有一地月光
覆盖我近视的双眼
一些隐私在低处呜咽
泛黄的家谱睡在上海图书馆

想起路桥，我又深陷忧伤
那些姑娘不再可爱
不再值得我把杯中的酒喝光
她们已从绝句退化成流水账

想起十里长街，孤独的少年
在大提琴的阴影里寻找安慰
我是一粒漂泊在他乡的盐
一把年纪依然痴心妄想

想起你，一颗流星投奔大海
请相信，我的骨头终将被台风擦亮

钟表匠

每一秒都适合沉默
在寂静里，在昏黄的灯下
空空的酒瓶，空空的心
折射往事绵延的旧时光

我相信每一个零件
都是宿命的必需
每一次调试
我都全神贯注
忘记疼痛
忘记故乡离我越来越远

每一秒都是倒记时
无名之树长在窗前
它的根被瓦砾与碎石挤压
但依然站得笔直

我已习惯颠倒的生物钟
白天做梦，夜晚失眠
即使有一天双目失明
还有一副墨镜替我注视
这爱恨交织的世界
我的心，我的钟，它还在走

在白堤

忘记时间，忘记越来越慢的心跳
在月光下展开的
是丝绸般细腻的夜晚
两边都是水
中间是我不被旁人察觉的叹息

我们注定深陷一场传说
两只蝴蝶在黑暗中隐身飞舞
寓言美的本质
是一种无可奈何的伤感

忘记时间，忘记将荷花重新命名
风把湖水吹成一堆碎银
我们用来买酒，自己把自己灌醉

在白堤，石头开始说话
仿佛电影主人公的深情独白

以上原载《诗江南》2016年第5期

秋天叙事

扶　桑

第一章：我们一起共度的夜晚

1. 手

你的手变小了吗？
看啊，我双乳如何在膨胀
满鼓欲望的风帆
黑夜如大海之无涯
急切地，它要到你的手中靠岸

2.我的乳房醒来

我的乳房醒来
早晨，它被吮吸
被一个瘦孩子的嘴
狠狠噙住

我的乳房醒来
它因被吮吸而涨满
甜蜜的海水
乳晕，生出霞光

3.女人在夜间的哭泣

女人在夜间的哭泣：
齿缝间逃逸的声音在酿蜜

它攀升的梯子是狂风中的一缕烟
男人啊，在你的胯间驱策

这烟的马匹。生命
从自己的肉体里，触到了蛋壳中唧唧

欢鸣的幼禽
它的温热，用岩石凿成。

4. 我们一起共度的夜晚

我的身体，我习惯于卷起它，像一幅写满字的卷
　轴
有时我一览无遗，徐徐展开

我们一起共度的夜晚
没有玫瑰与红酒

一间房子。很大的落地窗户，开向绿色的树
一张白色的床。枕边

放有几本书。你拿来的书上
有时堆放我凌乱的内衣

你脱下它。我的身体对你没有秘密
我的心也乐于如此。

另一些夜晚，我的身体是一张白幕布
放映你的爱抚。我独自观看

5. 最冷的日子

那是……冬天最冷的日子。
夜晚早早占领天空
恋人们不再出门
在城市的树影下游荡
我们吃过晚饭，沿江边步行
回来，洗漱后干净的身体
坐进被窝。碎花
棉被上各自摊开，一本书——
在床头，肩膀与肩膀相挨
脚与脚，被子下相碰。
我的脚在笑，不出声地
笑。这暖不热的小兽，四处
逡巡噬咬着，你双脚的温度

6. 摇动

我察觉到它，又一次
被摇动——
每一片叶子耸立
像拱起脊背的猫

住在我左边胸腔里
它怦怦的跳动却不属于我
它的伤心、生气、喜悦、嫉妒
却不属于我
有人打墙外走过
吹着轻快的口哨，又一次
我的伤心、嫉妒，瘸着腿像
一只狗，跟着他去了

7.声音的会面

两小时飞机
九小时火车
三天长途汽车
是我们之间身体的距离
每晚，我们用声音会面仿佛
桃心虫在果肉里酣眠——
声音里有什么？一双爱抚的手
声音里有什么？一间夜空的幽室
不要让烦扰侵袭。对我而言
你的声音，它整个儿就是感情
不要让它凝结成湖面的薄冰
我的靠近是滑冰的孩子
我的畏怯有瞪羚的敏感
请动用你身上，每一缕
阳光和月光，织成你声音的两个翅膀
它飞过了几千里的黑暗
将把你重新带回我的枕边

8.最硬的石头

最硬的石头是泪水
被淬炼。无色，无味。
你把它镶嵌在我左手的无名指
一缕微痛。指骨在经过时曾试图阻止
这我接受的错误
里面熠熠迸射的刺状星光

我的记忆将珍藏
那间屋子，它房门的形状
我听过的谈话，亲过我的嘴唇
床前的落地玻璃窗，窗外的石级、菜园
丝瓜架上的朵朵黄花
麻雀。鸡鸣。

此刻我正坐在这扇窗前——

9. 这间房子里

这间房子里
我安顿我的记忆
我安顿你
你生命的一些日子

于是，一切都变了
不再是我在这间房子里等你
而是你，永居于这间房子里
等待我来看你

借此，我取消离别
当它发生，如桥梁崩塌
你也依旧在那里
在那间房子里，和我一起

第二章：离别序曲

1. 五月走到了尽头

五月走到了尽头。
然而栀子花向我伸出
第一朵苞蕾：这世界依旧有你
可期待的……

2. 离别经常在我心里发生

离别经常在我心里发生
而我未能把它完成——
我没有蟹的脚，被悲哀钉在原地

3. 羡慕

我羡慕花草树木，羡慕石头。
我空有这一颗心，它不是我的。

4.乏力是一根弹弓的皮筋

乏力是一根弹弓的皮筋
射出的石子又快又准
他的左心右心
住满不能迁移的居民

你砍下一只手臂
没有血迹。所有流离的血粒
倒转，仿佛流浪儿
蜷缩入四面漏风的桥洞

你吞咽的词语，一个个
都有冻结的外表
像肉铺的钩子
挂在无风的声带上

5.空秋千垂挂在院子里

空秋千垂挂在院子里
一动不动。无人
使它显得沉重——
我的心也如此，它飞
不起来，当没有爱来乘坐

6.爱，如花之绽开

爱，如花之绽开
她不知一生能开几次
而每一朵花都是惟一的——
惟一的花呀，惟一的花呀
让我小心护好你的花瓣
让凋谢来得晚一点
再晚一点

7.请记住

如果有什么是我想要的
就是这个：请成为我的回忆。
而我的记忆乐于一再回去，我那白鹤般的记忆

8. 我习惯了它的痛楚

我习惯了它的痛楚
这一次，又目睹它的吮吸
它的长刺，征用了我另一个指尖

告别已经开始。它很快将完成
铁轨上必胜的旅程
没有山高水远，没有惊险

9. 月光的薄刃

火车奔驰于夜间的大地
它路过一个个陌生的地名
我正走在一条与你全然不同的路上
到来与告别如此之近。近得恰似一片
铁轨上碾过的
月光的薄刃——

第三章：封起的门

1. 门

那儿
黑暗中有一扇门
我不愿打开
我召唤灰尘
把门封起来
以免我想起我失去的
以免，我想起那离我而去的

封起的门
把膏药贴在心口上

2. 风铃

旅行归来
你带给我一串玻璃风铃
你爱听风铃的童音和风吵嘴的声音
你一定不知道那个风铃招鬼的传说
我是不会把它挂在我窗前的

我羞于承认
天一黑我胆子就小
那些我害怕的，仿佛就要显出形来

3.我请求眼泪

啊，不要再围着我打转了好像
傍晚鸟雀围着山林
我一直在忍，一直在忍，出于自尊
我请求眼泪——勒转你的马头，卸下马蹄铁！

4.我在这里

分开以后我才察觉
我的燃料还没有用完。
我在这里。我陪着它，这个小小的火堆。
它烧着自己。它的火焰
菊花形。
我在这里。我陪着它像独自上坟。
一个婴儿的坟。
我陪着它，慢慢
把自己烧成干净的灰。不须风吹。

5.如果我沉默

如果，我沉默
那是我的心，沉默。不再
仰着脸，用弯起的闪闪发亮的眼睛
对你轻声细语
我的心转身，一个世界转身
沿着一条无人的小径独自返回
刺槐在两边投下犬牙交错的阴影
它提醒我的脚后跟，需要
一次彻底的切割。
剜除的病灶
将种下疤痕：这疼痛的勋章
标明
我的爱曾在此阵亡。
它的遗骸
像一个未及出世的婴儿深埋。
我将带着它在街衢与闹市间行走
无须凭吊
我亲手捧出
完好无损，它扑簌簌远飞的灵魂
穿云破雾
——燕子般矫健、轻盈。

6. 拼月亮

那是单独的半个月亮
我们各自的那半个月亮
它们的缺口
不一样
拼在一起也合不成
一个完整的月亮
那软弱地抱在一起的
是我们所剩的
半个月亮
它们那隐身在暗中的缺失
不退让，顶着各自的犄角如一截
残肢——

7. 玛尼堆

想起那年我旅行至藏地
看见草原上那些随处堆放的玛尼堆
(有如大海上的船舶)
每一个分开的日子都是这样的一块石头
石头的这一面刻着“我想忘记”
另一面刻着“不，我还爱你”

这一切都不再跟你有关了
我堆起我的玛尼堆
敬拜的是我自己的爱情
我爱我的心，当它为爱所充盈
——这几乎就是幸福了。几乎等同于
我理解中的幸福。

8. 什么创造了我

想起你使我悲伤
我不能停止这悲伤
正是这悲伤，使我找回了
那我以为已丢失了的：我的心
因你而疼痛的能力——
从这疼痛里，比什么都清晰
我辨认出那依旧没有被破坏殆尽的
爱你的能力

就像从一大群黑羊里
挑出混杂其间的白羊
是什么创造了我?
——爱。疼痛。悲伤。
疼痛是爱的神经。疼痛是爱的镜子。
悲伤是爱的,洁白、洁白的寿衣。
哦,就是,这个。

9. 山峦在秋天是最美的

山峦在秋天是最美的
树木变换出众多的色彩
我注目一株槭树最早的一枝红叶
我看着
而虑及冬天
已离此不远

曾经有一个冬天,不久之前
你藏身在你的声音里
每晚,像一阵雪花
推门而入,在我左耳
如下班回家

我们就这样相见了
整整一个冬天

那个冬天,我察觉到一种全新的语气
一种我从未有过的语气
当我和你说话时——
这语气改变了我,有如
微雨后的山岚改变了山

首先出现的是它,你的声音
如果我想你
像一匹马,马蹄哒哒
接着,才是你的脸庞、眼睛鼻子的形状
在它身后拖带的车厢里,渐明渐显

10. 那个冬天,轻摇起我低低的笑声

曾堆满我左耳的谷物
被谁搬运一空呢?颗粒不剩。
仓房怔忡于这骤来的、满腹空旷
幽暗中
一些灰尘,一种陈迹

……在这个世界上我失去了
你的消息

原载《诗建设》2016年秋季号

张二棍诗六首〔选三〕

张二棍

在乡下,神是朴素的

在我的乡下,神仙们坐在穷人的
堂屋里,接受了粗茶淡饭。有年冬天
他们围在清冷的香案上,分食着几瓣烤红薯
而我小脚的祖母,不管他们是否乐意
就端来一盆清水,擦洗每一张瓷质的脸
然后,又为我揩净乌黑的唇角
——呃,他们像是一群比我更小
更木讷的孩子,不懂得喊甜
也不懂喊冷。在乡下
神,如此朴素

有间小屋

要秋阳铺开,丝绸般温存
要廊前几竿竹,栉风沐雨
要窗下一丛花,招蜂引蝶
要一个羞涩的女人
煮饭,缝补,唤我二棍
要一个胖胖的丫头
把自己弄得脏兮兮
要他爬到桑树上
看我披着暮色归来
要有一间小屋
站在冬天的辽阔里
顶着厚厚的茅草
天青,地白,
要扫尽门前雪,撒下半碗米

要把烟囱修得高一点
要一群好客的麻雀
领回一个腊月赶路的穷人
要他暖一暖，再上路

静夜思

等着炊烟，慢慢托起
缄默的星群
有的星星，站得很高
仿佛祖宗的牌位
有一颗，很多年了
守在一个老地方，像娘
有那么几颗，还没等我看清
就掉在不知名的地方
像乡下的穷亲戚
没听说怎么病
就不在了。如果人问我
哪一颗像我，我真的
不敢随手指点。小时候
我太过顽劣，伤害了很多
萤火虫。以至于现在
我愧疚于，一切
微细的光

聂权诗八首〔选三〕

聂　权

春　日

我种花，他给树浇水

忽然
他咯咯笑着，趴在我背上
抱住了我

三岁多的柔软小身体
和无来由的善意
让整个世界瞬间柔软
让春日
多了一条去路

四个人的下午

一个女孩
在六年前的出租屋，我的隔壁
门前站着，敲，咚咚，噔噔
一个下午

昏黄的光线煎熬而又漫长
像炒锅煎煮小黄鱼。
数次探头，看到她马尾辫的油亮

“我知道你在里边！”有时她发出呼喊
而里边的两个人一声不吭

忽然想起她，是想起
她人伤心、绝望和坚持
是基于
多美好的一份情感的
不殆和期望

相亲的老男人

封闭的相亲室里，对方还没有来
他倦了，一个人

宽大的扶椅上
有一刻仿佛睡着了
房间仿佛
无限地变大，疲乏的骨节和肌肉
宇宙间无限地蓬松放大

耷拉的眼睑沉重
仿佛已到庞大的暮年
仿佛已停靠白发昏沉的岸边
仿佛心中有许多小火焰，小火焰
把一些细语讲给他听
不关悲喜，只是轻声的，一些
轻声的絮语
仿佛，一生已完满地历尽
熨帖的洪水慢慢向他淹来

武强华诗八首〔选三〕

武强华

春风浩荡

风从山岗上下来
每一次吹拂
都暗含窥探之心

风没有翅膀，但它在天空中飞
也在我们的身体里飞
并成倍繁殖着速度
身体里的那些虫子、蝴蝶、鸟雀
还有本身酥软的骨头
因急于发现另一个自己
而显得有些不知所措

在湖边，我看不透一枝芦苇的内心
只能从她摇曳的腰肢上
看见那只手，野蛮的力
乘着她走神时的一丝心旌荡漾
打开了她身体里的另一扇门

我可能和她一样
一不小心
就会爱上这世上最邪恶的东西

红　尘

也许前世与今生的距离
就是我和他肩膀之间的距离
我们并排走着。阳光落在他赭红色的衣服上
酥油的味道，从融化的旧时光里蒸腾出来

庙堂之间，两个身影
并不能使石块铺就的小路从低沉的呢喃中
瞬间醒来。但渐渐呈现的温热
就要使十月的众神经经堂之上来到人间

其实，中间也发生过几次轻微的碰撞
他的肩膀上那些细密的尘埃
被我不小心惊动，在白光里漂浮了一会儿
刹那又归于沉寂

"人为什么烦恼?"
是欲望
是贪，是嗔，是痴
还是深不见底的宿命?

——我并不想从他口中得到答案
其实，谈论什么都是多余的
这个上午，我和一个叫丹增的喇嘛
都有试图从红尘中全身而退

替一个陌生女人表达歉意

我暗恋他的那些年
他正疯狂地爱着另一个女人
长发，温柔，白净
每一个男人都可能迷路的陷阱
他也深陷其中

他让我学会知难而退，学会走神
在人群中分辨另一个自己
学会虚构，在午夜昏黄的路灯下
邂逅孤独。学会给自己写信
描述不一样的眼球和隐秘的发声器
学会单相思，为一个人写诗
想怎么爱就怎么爱
这些年，没有比这更重要的事情
让我乐此不疲
迷恋，热爱，单相思，拯救
得不到的东西，继续
爱它美好的部分

尽管现在，我不可能
再去爱一个善良却怯弱的男人，却不能
对一个陌生女人抛弃掉的精神病人
不闻不问
我不会再爱，但我可以
冒充那个伤害过他的人
给他写信
替一个女人和全世界
表达歉意

以上原载《诗探索》（作品卷）2016年第4辑

爱情诗页
LOVE POETRY PAGE

秋日从句

（外二首）

□粉　灰

我们一起散步的时候
世界是圆的
唱歌的人是你　唱歌的人在云端
我们走在黑暗中
走在死亡中
分离中　我不是你　你不是我
我们走在虚无中
走在鸟鸣中
欢愉中
汗水是一种仪式
疼痛即天堂　我愿意你就是我　我就是你
松针掉落　回声只有一点点
一点点明亮　一点点生死相依

要相信　爱情存在于那时　此刻

要相信　爱情存在于那时　此刻
像相信一颗永恒的星

存在于夜空　照亮人间低垂的玉米
要相信　它始终在

要相信　秋日的雨水
有一颗柔软的心脏　它就要注满我们的水库河
　流　海洋

波浪拍打着黑夜和灯
逝去的春日和夏日　绕过了你们

要相信　它还在身边
做一个善良的人　有活力的人
做一个好看的姑娘
不畏惧火车丢下了你　你坐在铁轨上哭　不畏惧
无常和寒霜

要相信　它是一颗种子　它想要唱歌
它是一艘大船　就要带你到自由的地方

秋　分

给我一块土地吧
我要种上红薯土豆花生
这些胖乎乎的根茎类农作物蔬菜
是我最喜欢吃的
它们重实　低垂
像我爱你的方式
草木花香　是我爱你的样子
给我一些架子和空地吧
我要种上丝瓜葡萄草莓樱桃
它们肥厚多汁
是我最喜欢的水果菜蔬
它们翠绿　明艳　易碎
有一天　醒过来
狠了心
我会远离这些钟爱的东西
换一种方式活着
和不爱的事物　人群为伍啊　和自己为敌　歌唱

那时候　虚空的云端
高处的你
也不想要了
在雨水中跑掉　消失成
更远处的雨

等待

（外二首）

□惠永臣

大雪中有徘徊的人。寂静
像巨大的遮蔽物
万物销声匿迹，惟有时间和等待
如此漫长……

乌鸦缩在树枝上
像时间的斑点
大雪带来的白色
也无法覆盖一个人的焦急
她黑色的棉衣
像黑夜的一部分，或者是其中一只落单的乌鸦
她在等待
“她似乎有一颗戚戚、惶恐，人间的心”

雪，茫然地扑下来——
大地空了
只有她，继续用慌乱的足印
替某人
记录着人间的深深浅浅

幸福的另一种说法

我躺下，我就有了一片
属于自己的山坡
我就可以放心地回忆过去
过去，“那些与肉体相去甚远的东西”
已经无法让我动起恻隐之心
其实，想想当下
也是幸福的
蔚蓝的天空，放养一只鹰是幸福的
如果再多一朵白云
那也是幸福的
身边有万物，就有不可懈怠的江湖
“一朵花第二次打开自己的身体时”
它已不再属于它自己
它是对自己一种毫无怨言的亵渎
这么想时
我滚动了一下身子
身下的这片山坡，依然没有
背弃我

元　旦

这新年的第一天
也有去年留下的影子。天空不新也不旧
几棵老树，也没有因为过新年
而穿上新装
眼前的河水，我叫不出它们的名字
我暂时身处异地，我爱着它们
它们，没有一个会知道
我还爱着
一个土豆一样的女人

草地上，有去年留下的石头
也有些飞鸟，它们爱着这片草地上的一切
但它们不知道自己
也是从去年过来的
所以，看不出它们的忧伤

有一块石头，我要带在身上
它虽然没有土豆的温暖
但它有土豆的形状，这就足够了

暖芒

(组诗)

□段小刀的刀

遇　见

你会在春天的野径上
遇见我。我的骨头硬朗
三月的白，不是梨花
是你看不见的，无常
之前，我在人间酿酒，淘洗青山
浣过的月光，留最大的一匹，送回故乡
我习惯在夜晚梳头，簪花，雕石头的情事
天光微亮。你涉露水远道而来
我正好披着树叶，假装
怀有一颗植物的心脏

喜　欢

我身上有光。在苔藓的空白处
无辜地晃。又白。还刺眼
偏是暖的。一小块儿的暖
在皮肤上乱窜。痒。
我得重新长出草木
和星星一样多情。开蓝色的花
几朵。小心地簇着。像夜晚
你回家前随意瞥过一眼
就一眼，天也亮了

他

他老了，一个人，守着空房子
吃饭，喝水，睡觉

刚下过小雨，地气湿润
他腰里别着镰刀，去山上砍柴

他走后，院子里的梨花开了
旧马槽深长，青石窑洞，阴冷寒凉

他说，三十多年了。她再等不到他
头发要白了。他梦见月光，大雪一样

暖　芒

我后来不抽烟了。也不喝咖啡
我活得像一丛灌木
只有心脏，还和酢酱草一样
有微弱的暖芒。你一靠近
风就吹灭了最后的，那点微光

风　声

只有我一个人爬上山顶
风吹我。像是熟悉我的人
它知晓我身体的底线
并发出“呜呜呜”的共鸣

它很孤单。没有爱人

空房子

我们在同一座房子里
吃饭。睡觉。养花和喂鱼
他有两盆墨兰。一株刺金琥
高处的绿萝和文竹
我偏爱矮小又寂静的植物
铜钱草。茉莉。铁线蕨
我们很久没说话，隔着光线和空气
像两粒微尘。不能阻绝来自对方
绵密的呼吸声

散文诗章
PROSE PSALMS

暗喻的城市（四章）

□语　伞

门的可能

我抚摸满身透明的颗粒。“你好。……”一扇门，迫不及待地邀请你。空气中有花瓣的微毒，我逐渐升高的体温，忍耐着切割掉多余的热度，只是在原地，跳起了小步舞曲。

在敞开心扉之前，我虚掩脸颊。没有谁引导我，无数个我宿命的基因，就在城市的子宫里孕育。拜认钢铁为父，竹木为母，辨认玻璃、塑料为同胞兄弟姐妹。最后，我只成为用惟一的胎衣包裹着的，那个我。

这个我，深藏安全感和秘密，只接受你冥冥之中的一次驻足，你凌驾于玄奥之上的脚步，只接受你，偶尔也曾有过的，一瞬间绝望的眼神。

为了获得那个确曾是我的自己，我把身体藏了起来。

为了看清迎面走来的空旷的你，我又穿上影子的长袍。

第一道反光是面孔。第二道反光是年龄和性别。第九道反光，是一双具有魔力的手。推，或者拉。打开，或者关闭。我在你对面，或者你早已经过了我。你重复经过我，或者所有人重复经过所有人。

失眠的窗户

1

楼群高脚杯一样优雅。

天空有喝酒的醉姿。星星们，因狂喜而隐没。

房间睡了。你走出墙壁，沿着静寂的边缘，散步。

从你身上飞过的蝴蝶、鸦雀，已经变成另外的象征。阳光和空气扮演具体事物，抽象的，是那些尚未抵达的音讯。与你无关的喜剧和悲剧，如幻觉循环，在时辰的缝隙里嵌入复杂的表情，组成一座城市应有的命运和永生。

现在，你替他们醒着——

像某个为了光亮竭尽燃烧的物体。

温度正在加速描绘，风景、记忆、沉吟、路、生死、犹豫……同时引燃那些瞬间，和我身体里堆砌的废墟和炭木。

种子。森林。言语。砍伐者。

你分饰所有的角色。

远方隐约的篝火，是我们思想的最大自由。

2

站在你之内，眺望。

城市因标志物而获得历史和传说。

而它们在深睡，穿行于人的大脑和思维，驾梦而游。它们不断重复自己的过去和前程，除非你唤醒一位艺术大师，换一个角度，重建它们的清高和不可一世。

每一种碰上你眼神的事物，将注定被切割：

长方形被切割。正方形被切割。圆形被切割。菱形被切割。矩形被切割。三角形被切割。碎片被切割。尘埃被切割。

我被切割。

用你的名字切割。

太阳不断投射光线，抛出各种刀具。人们排列年、月、日、小时、分秒，在刀刃上行走，途中种下稻谷、玫瑰，豁亮的权利落地，它就拥有了最强的采光效果。

外面的世界报以红绸和鼓乐。

透过玻璃，你有一张花园的脸。距离是一种必需事物。

3

“窗，聪也……”

留白置于边框之外。

你身上有可供深刻研究的美学。

另一幢高楼，有很多另外的你。我把所有的你看成一个整体，豁达、包容，令我探寻的人世秘密，又多了一个出口。

我跟随你的脚步，用你的前额款待假设的明日，用成熟的下午做咖啡，用早晨返回夜晚。有时我拽住一缕烟岚，询问路过的风雨和尘埃，从何处来，往何处去。它们用消失，给我最后的答复。

墙还是墙。影子还是影子。

你有你的存在方式——不眠不休。

你投掷恒定的目光，递给白昼和黑夜同一种生活态度。不偏不倚，遵循轨道、秩序，又以飞翔、旋转。

一把仿古拉手，有时像腿，有时像翅膀，有时像沉默的蜗牛，它们和你一起上升，一起坠落，从你奔向你，从你的黑暗，奔向你的黎明——

迎接你，诠释你，给你音乐、舞蹈和终点。

4

缔造一个小世界，给它孤独。

你把自己凿空，以洞穴的身体，藏匿毕生的影子、光线、气流、思考……你一直裸露眼睛，偶尔使我变成一个音符，跃然在你唇上——

随手可触的寂静。

我在寂静中想念一个人。那个人，必须有颤动着生长的身影和面孔，必须有菠萝和悬崖交换过味道的气息，必须有天空和一张白纸的默契写下的神情，必须在此时患梦游症，从很远的地方赶来，说清楚上辈子，和下辈子。

我失眠了。

和你的失眠相映成趣。

我们一起寻找患梦游症的人吧。当一个城市拥有它的名字、脾气、性格和生命，你就会将你的双腿控制，悄悄地汇入它的节奏。

把你孤独的深渊借给我，由此我们同行。在月亮迷路时，喇叭花羞涩，我们只拾起我们想要的情节。

我们不说话，吃水果，跟随一片落叶，旅行至枯萎。

5

窗帘在这里，饮曼陀罗。

来，穿上你的外套。为我遮蔽羞涩和隐私。

我为你整理褶皱、线条，不让一丝光刺进房间。不是我拒绝光明，我只是想把窗内和窗外分成两个世界，使喧嚷的人声和车鸣，在我的错觉里滋生陌生感。当你脱下外套，我再次注视他们，就不知厌倦。

这疲劳的重复，有橙皮溢出的雾气。

我用鼻翼读香。

“枕上见千里，窗中窥万室。”

争吵的人怨蚂蚁多。缱绻的人惜蝴蝶少。清醒的人在寻找帽子。醉酒的人踩着云朵哭泣。做梦的人都还在梦的外边，相互捉弄。

你双身，有正反两个脸孔，容得下谋划者、告密者、始作俑者。

风吹过你的脊背，我的耳中沙沙作响。

仿佛无人睡觉，他们都在听，同一个屋子里，所有的眼角都爬满了鱼尾纹，与衰老纠缠不休。

6

醒在远处，做局外人。你说。

城市斑斓，我将在房间留下钥匙，在十字路口搁置三思而后行，在拐弯的地方安装退路，在走向你的那一刻，丢弃望远镜。

眼前的事，厨房比银行卡爱得直接，生存法则比初心跑得快。

你朝向阳台，自我追逐，在我的想象里。

我把自己扭成一座迷宫。神话在和时间赛跑。我遥望。我窥视。我不告诉任何人真相。你的新身份是上弦月还是下弦月？你爱上了小偷还是伪装者？你是雕花的救世主还是镂空的魔鬼？

声音在回响中流动，删除了日常的苦和不舍。

你睁着大眼睛，和我做高级游戏。

我触摸你闪亮的躯体，一条路通往大自然。绿和鸟鸣没有面纱，九点钟的太阳是温柔的陷阱。

你引诱一角天空走进来，填满了我的心脏。

隐形的房间

1

不确定是哪一天，不确定影子是否真实。

“来，镜中有嘴的花冠，黄昏最后的微笑道出传说中的假日。我们不断地回到夜晚。我们形成无数的第二天。”

房间，就预设在这里。

从那里出发吧。是的，从那里。抛开时间、世界、人类、命运，甚至，食物和美。当饱满的种子一样成熟的空在我身上聚集，某种绿如麦浪般在一场大雨中用恍若隔世的寂静跨越万物，如果我听见敲门的声音，摘下面具，你会是谁？

不存在的百叶窗只透出一丝丝微光，我看不清你的面孔，我只印证了一个存在，那个存在仿佛在说，我们从不陌生。

然后我们的眼神中生出了更多的光来，然后我们穿行在这些鬼魅的光线之中。一道道。线状的。环形的。无形的。被捆扎。被纠缠。除了我们，再没有别人。

2

我语无伦次的时候，我就开始沉默了。

瓶子里的薰衣草是干的，我唇上的葡萄有吮吸不尽的汁液。

坐吧，亲爱的。这里的椅子和沙发没有区别，正如这里的我和这里的你没有国籍一样。你尽可能地自由，你尽可能地忘记习俗和礼仪。你说不说话我都能听见。但只有伟大的汉语，承载着我们不可复制的预言，任何语种都不能代替，对，任何语种。

我们还需要一种精确的颜色。你看看吧。天花板、墙壁、衣橱、床、书桌……除了炫目的记忆，再余留一些空间给我。比如阳台，比如，窗。比如，你的眼睛。

我在喜爱的黑夜中向往光明的事物。我手中的笔行走在一张白纸上。我写下的你在历经人世沧桑之后，像古罗马的早晨。

钟声落进你的心脏，这个你也许是来世的你。

3

由此我说，我的思考只是游戏。

由此我说，大概最真实的活着就是与自己交谈。

每天都有人庆祝生日。每天都有人在脑中闪现死亡。时间的脾气很好。我有时抬头，有时弯腰，有时我在白昼中筑建月光，为了等待十指紧扣的那一刻。

那么，再回到这里来。

转瞬我就不记得此刻的我了。你坐在对面。整个早晨。整个上午。整个下午。整个晚上。整夜整夜。房间随时都在变幻，壁画、枕头的花色、书架的方向、你踩过的地面、浴室里水龙头的声音……在絮絮不休的话语和睡眠之间，在书本和身体的暗喻里，菜肴和酒杯离我们很近的时候，我总是重复，房间的味道很好，很好。

于是，我扮演的角色回到童年。

于是，我捕捉故事的细节，从激烈到平静，然后，我把秘密放入口中。

4

你不说话的时候空气也是热的。

窗外是另一个世界。当我再看四季轮回，一切显得异常陌生。

我只是窗内的我，足不出户的我，不经世事的我；看着果实压弯树枝就会心疼的我，遇见花朵凋零就要流泪的我，发现一粒尘埃就想为它披上优美外壳的我。

原始的我，暂时忘却了地球文明，心中没有理想主义，不必理解我所处的时代。

对于那些杞人忧天的事，无须谈担当和情怀，我们在星空下散步，它们自然而然就迈过去了，而且很圆满。

或者我可以用另一种方式说，我只想在你禅定的眼神里摔跤，只想在你嘴唇的悬崖上跳舞，只想在你灵魂一样虚无的身体中，听见我内心深处的回响。

仿佛无形，又从来没有如此真实过。

或者，是一个我在消失，另一个我在呈现。

而现在的我的呈现，像第二次剪断脐带，我接受草木鸟兽的名字来到你的身边。

你沉默的样子，就是我永恒的信仰和图腾。

5

谁也不知道我们将继续谈论什么。

“天真构成了所有人的名字。”

房间表态了：当我们谈论爱情的时候，我们叫做天真。

嗯嗯。干杯。

嗯嗯。酒和茶，在云端替我们抒情。

我对着镜子画眉、梳头，转过身就看见你若无其事地临窗而坐。遥望是何等美妙啊。你转动酒杯，注视杯身倒挂着的紫色的蝴蝶，那些轻盈的翅膀，是在橡木桶里发酵过的，据说它们也有生命，也有爱情。

好。纪念它们吧。用我们的嘴唇。用我们的身体。用我们缅怀岁月如白驹过隙的悲哀。我活了多久我不知道。我们都发现，我们开始谈论衰老和死亡了。

在一阵战栗之后，我锁上了房间所有的抽屉。

这是我对遗书的恐惧，无论在口中，还是在纸上，它都对我构成了巨大的威胁。

6

你重复安排最后的诗句。

其实我理解生命叙述的无常。房间里没有梳妆台，不同形状的镜子却很多，我来不及记录的风景，正在形成一个城市不可或缺的那部分。

盘子里的水果我们舍不得吃，它们应该和房间陈列在一起，在我们的心中。新鲜的果实代表身体的水分充足，我们的血液才得以不断地新生和绵延。

而我永远都在寻找一句话，从一个隐秘的词语开始。

我搜遍房间的每一个角落，没有任何修辞可以借助，不存在现实，不存在睡梦，你在闪烁，你在移动，躺在床上的你突然在山谷里喊我，给我递过礼物的手臂开始缓缓上升，变成远处的云和树。

一切正在消失，这房间里所有的物品也在莫名地消失，包括书本上的文字，我一碰，它们就消失。

我被迫离开了这个房间，从此，住在哪儿都不完美。

飘移的阳台

1

花盆心怀植物的信仰，鸟儿坐禅——

我有翩翩霓裳，假设高悬之心。

……我从客厅径直地向你走——多少年过去了……玻璃瓶在饮水，情人草在枯萎，我晾晒时间的手臂，被诗句庇佑，流出星辰和梵音。

影子轻叩，我心飘移。

城市的尽头，有天使的翎羽，你洁白的骨骼饱含善意，替我忘却同类，忘却异己者，忘却生与死，在高傲的心灵边界博弈。

不怕山穷水尽，一阵比未来还辽阔的风就是见面的礼物——我替你接待屋顶，接待树梢，接待远道而来的云朵，接待夜晚的漫天星光，我们自设盛宴，不对华丽的餐桌和酒杯说：

在那里等我，这里没有路……

2

吸入衣物柔顺剂的香气，我反复旋转旧衣架。

风又吹你如自由，盛开无边的旷野。你飘移到哪一个城市，我就从那个城市出发——

奔向遥远的想象的心脏。

姿势。激情。频率。寂静。它们的比喻，就是用人类醒着的样子，练习高深莫测的催眠术。

钟摆嘀嗒，我切水果、洗蔬菜、给家具除尘，重复生活中喜欢或厌倦的细枝末节，你把现实抽象化，为一株蒲公英的晚年感到遗憾——

而我在继续等待飘移，携带蒲公英花絮的思考。我飞临可供嗓音表达的那部分和你一样，悬挂在半空——

“你是我塑造的指引和抵达。”

我无数次站在你古怪的身体上发呆，仿佛历经人世间的所有漂泊。

3

在没有时空的国度，一个城市的出现会惊醒所有正在做梦的人。

——你把耳朵藏在心里。

——你作为城市的语言被我借用。

暮年的宁静里还住着啃太阳的青年，他们的鼻翼停有马匹的呼吸，他们的胃部被各种新生事物充满，他们也曾孤注一掷地说，是正午的阳光支撑着生命的无序，用光线覆盖了衰老的秘密。

——而揭开你每一层面纱的，是低调的曙色，它们享用你的从容、闲逸，正如我此刻享用你在我心中的飘移和难以触摸。

于是，我熟谙生存之道，身子微倾，给你身上的仙人掌浇水。

我预言我每天都只回到你身上——遥望——做一根藤蔓，缠绕你大脑的全部想法。

4

你沉默的脸开始渐渐隐退……

我依赖你扶在栏杆上，夜空的幕布上——谁不明亮，谁就将永远愧疚——

花盆里的松柏在月色下读银光，稠密的星星代替它们心若繁花。它们给平常的日子镀上一层神秘的颜色，我站在它们身边，羡慕像无法控制的忍耐一样不可消亡。

你视我为知己，身体在此处，思绪却带着我驶向远方——

远方是注视，是微笑，是手的延伸……是那个充当修辞的你，把剧幕拉开，独自完成出场、登台、谢幕，而虚幻的表象仅仅是潜意识的玩偶——

我什么都没看见……

我依然不断眺望远方，从追逐你的思想开始——你用安谧盛放人脑对这个世界的认知：

顺从与反抗的自我慰藉。

黑暗中，我向下看，巨大的深渊越来越清晰——

5

我停留在洗衣机上的手响起了回声，因此必经的途中充满迟疑、犹豫，人群的身姿左右摇摆，我的指南针只朝向故乡。

你仍然很镇定，手臂上挂满丝、毛、绵、纤维、锦纶的混合物，我闻到的每一丝香气都让人怀旧——

没有什么可以代替童年……

代替你的是我对未来的假设，在长时间的冥想中，有意念的爬山虎蔓延至你的全身，我坐在你额上的摇椅里，看指甲花顺风落入手腕。

你说，对一切亲近之物都要满怀敬意。

我成为漩涡的一部分。

我在找我作为水滴的模样，抑或是化为云朵的模样，流动的羽毛可以献给魔术师，然后我被展开、折叠，顺着那一口仙气，骤然消失。

你茂盛的常青藤常常挽救我于水火之中……

6

你周身都是完美的边缘。

我在叙述的中心整理线条，像一个手握无数杠杆的人来回晃动，寻找最柔软的坐标。远方的支点是一只飞鸟，它用飘飞的样子模仿你，在我爱的默认下。

只有远方知道你是传说中的旁观者。

我接雨水喂养芦荟、迷迭香，站在你的穹庐下阅尽桨果和谷粒，季节在为一切惺惺相惜的事物编钟——你有漫长的眼神——

看我从你身上飞出，在城市的一隅分布离别，而相逢刚刚路过，很多种手的总和，构成了一座城市的亲和力。

再一次眺望时，某种更大的自由说服了我，我在沉思的时候挣脱了你，而我却浑然不觉。Z

诗人档案

THE POET FILES

□特邀主持　三色堇

宋晓杰

SONG XIAO JIE

可是，这尘土也是爱她的。每当想起
大地和花朵，便看见一小匣珍贵的尘土
高高在上，标签却是：人间的姓名。

——《绝尘》

宋晓杰

生于辽宁盘锦。出版诗文集十七部。一级作家。获第二届冰心散文奖、2011 年度华文青年诗人奖、辽宁文学奖、2009 冰心儿童图书奖、第六届中国·散文诗大奖、《扬子江诗刊》双年奖等奖项。参加第十九届青春诗会和鲁迅文学院第七届中青年作家高研班。2012—2013 年首都师范大学驻校诗人。

主要作品

诗集：

- 《纯净的落英》　长江文艺出版社　1993
- 《味道》　百花文艺出版社　2001
- 《宋：诗一百首》　北方文艺出版社　2007
- 《忽然之间》　现代出版社　2013
- 《四季的韵脚：中华二十四节气儿童诗》　新世纪出版社　2016

散文随笔集：

- 《雪落无声》　白山出版社　1999
- 《我是谁的粉玫瑰》　百花文艺出版社　2002
- 《流年》　时代文艺出版社　2006
- 《带你去茫茫的雪野》　敦煌文艺出版社　2013
- 《忧伤的美丽街》　新华出版社　2013

长篇小说：

- 《在城市背面呼吸》　光明日报出版社　2003
- 《乘着风的翅膀》　中国环境科学出版社　2010
- 《芦苇坡的小火车》　沈阳出版社　2017

木头人

好好打磨，没有毛刺儿
足够的时间足够把我们变成木头人
呆头呆脑，害怕眩晕，不能转圈
欢乐、悲戚也不能——
我们都是木头人，这多么残酷！

锻造的过程是温柔的，没有疼痛
多一点，少一点；胖一点，瘦一点
慢慢地修理吧，弄光滑那些露出的表面
不招惹是非，也不抵挡……
风尘和雨水也无能为力。多好啊！
应该真诚地感谢缓慢，我们终于成为：
旧时光翻新了的——木头人！

绝 尘

最后一个字叫绝笔，最后一首歌
叫绝唱。早春是明媚的，我们却在谈论死亡
谈论一个熟识的人，正在消耗细胞、骨肉
和年华，抽出丝一般的阳气，慢慢紧迫……
她爱戴草帽、爱穿白底儿红字的T恤
爱山水、花鸟，爱甲板后面欢笑的浪花
……她还没有爱够这纷飞的尘土

可是，这尘土也是爱她的。每当想起
大地和花朵，便看见一小匣珍贵的尘土
高高在上，标签却是：人间的姓名。

今日惊蛰

雨水是个慢性子，从前些日子
走到今天，也没看到影儿
但是我相信：它正在日夜兼程

从今天开始，要注意养生——
预防流感和麻疹；戒躁戒怒，晚睡早起；
松缓衣带，免冠披发。另外还要
擦亮眼睛看、支起耳朵听
在夜风中，俯下身，护着红红的
直筒的小灯笼……

如果还能爱；如果还有
泪水，在眼眶里浅浅地噙着
在这一天，都请醒来吧：
扭着身体的幼虫、腾起四蹄的小兽
还有——睡得太久的故人
在暗夜，轻轻地翻个身

中 年

差不多就是这样子了——
如果，没有什么变故和灾难
血压将不再升高。就这么
窝窝囊囊地，越过山顶
进入下坡……

破空而来，绝尘而去
这两件事的速度太快了，让我眩晕
我只想——坐在这两座山之间
贪生怕死地，慢慢消磨

允许败笔、俗套、顽疾、坏习惯
它们跟随我多年了，已成为我的老友
一个也不能少；允许缓慢地回头、答话
更多地微笑；允许坐在重要的场合
像个标本，绝不诘问、指责
允许动不动就爱掉眼泪；允许自恋
爱运转多年的机器，爱骨肉、血脉和手足
并看好它们：不减少，最好也不要增加
慢慢地就好了——我不是瓷器。是陶。

再没有翅膀了，每片羽毛都是沉的、厚的
——恰好，适合护住所有的近亲和山河

暮晚的河岸

这河流、这土地，又长了一岁
对于浩荡的过往来说，约等于无
三月，空无一人的河岸
没有摇动的蒿草、旗幡和缠人的音乐
也没有失魂落魄的小冤家要死要活
高架桥郁闷着，怄着气，生着锈
晚霞如失火的战车，轰鸣而下
并不能使冰凉的铁艺椅
留住爱情的余温

这个时候，积雪行至中途
而河滩的土，又深沉了几分
真的，我不能保证
倒退着走，就能回到从前

三月的小阳春，不过是假象
余寒，依然撬得动骨头
空风景干净、清冽，没有念想
如十字路口那一摊尚未燃尽的纸灰
正慢慢降下体温，不知在怀念谁

我们居住在闪电的中心，而不受伤

我们居住在闪电的中心，而不受伤
是不可能的。……在万物消融的春天
想起那些化在泥土里的童话和誓言
忧伤弥漫，不可遏止……

大地还没有一丝绿色，焦急是没用的
可是，谁能告诉我——
为什么春天与怀念离得最近？
那个永远没有疼痛、没有过去的人
为什么以消失的方式，却让另一个人
汹涌的内心，成为生生不息的生死场？

闪电的犁铧，不断地淬火、锻造
蹚开大地宽阔的胸膛
——而里面，仿佛是空的！
没有欢笑，没有吼声

或者，种下什么是什么

中年自画像

一条线是闪电，劈开大地
二条线是弯弯曲曲的河
三条线是脉脉的远山，绵延不绝

在冬天，不宜饮酒、哭泣、怀念
白亮的天光下，亦不宜写忧伤的文字
我别无长物，只有清茶一盏，明月孤悬
怀揣一支马良的神笔
用风雪来掩埋，以及灌溉
删繁就简地留下雪野
和大片大片的空白

书桌上的男表

她已忘了独居多少时日
在婚姻中提及此事
多少有些难堪
这么多年，她守口如瓶
笑得灿烂而空洞
与纸糊的灯笼没什么两样

那一夜，黄历上说：宜动灶、宴友
她亲自下厨，做两人份的饭菜
一瓶红酒是药引子
刚好，诱发暗疾

……旧病复发。第二天，在万丈光芒中醒来
一切如常。只是书桌上的男表，让她恍如隔世——
生活中空了多年的轻飘
正好由这只砝码，称了过来

单行道

不与不义的人、矛盾的人为伍
不在阴雨天流泪、伤怀
不吃隔夜的剩饭剩菜
不记夺妻之恨、灭夫之仇

不说废话和闲话，更不说毫无原则的话
不改要不了命的毛病和习惯
不抒情，不怀旧
就是这样的残片断简了
——如单行道
走到哪儿，哪儿是荒冢

骨灰戒指

这时候，肉身无用，就随云雨蒸发去吧
连同人间的浮尘、虚火与种种烦忧
我跟随你秘密潜行于山水之间
无非是你增生的骨节
长途跋涉中，额外多出的隐痛……

昨夜的梦中，无悲无喜地，我死了一回
轻如骨灰——即使浓缩，也无足轻重

人群四散，你下意识地低着头
小心转动着指间的戒指
亮出我的底牌……
——亲爱的，原谅我先睡了
漫漫长夜，你尽可以一寸一寸地疼

水　墨

刚刚画过两张荷，就过了午夜
繁重的白日撂下挑子
在虚无里，歇一歇

整个城市漂浮在灯火之河
此刻，我想起谁，谁就醒着
思念谁，谁就复活

赌气的、负债的，仍在撕心裂肺
病榻在呻吟：“好歹，熬过这一夜……”
更多的人，想着元宵、情人和巧克力
以团圆之名、情感之名
给生活添油加醋
像墨色中淡粉的荷

……真的该睡了！

你不在眼前，这座城，就是空的
如慢慢漾开的水墨
不知何时，蜻蜓也飞走了

午餐前，在画室

和两个男人
在第三个男人的画室里，看画
赤裸的人体从包裹中得以重见天日
胴体柔和而洁白，像窗外的阳光
只在关键部位，加一点点青铜的阴影

有一瞬，画室里静极了
阳光如欢腾的尘埃
我愣怔着，下意识地拉了拉衣角
三个男人饥饿地盯着他们想盯的地方
啧啧赞叹
并用小指肚儿，小心拂去浮尘

那个中午，我的脸红了两次
一次是因为羞涩
第二次是因为觉醒

为了掩饰我的脸红
我拍照，拍照，从不同角度拍照——
是的，我们在欣赏艺术
不是看女人

柿子树

像苹果树一样
它常常出现在电影、小说里
带着家常的温热和宿命的光辉
我一直记得那年的宋庄
魏克和漠子的潘安大院里
那棵深秋的柿子树
值得我歪着头郑重地仰望
早炊温暖的炉火，又使它额外
蒙上一层清霜

那天，我在水果店里遇见柿子
它软软的，鲜亮的橘色，圆润可人

但我不想碰它——
离老年还有一段距离
不过，我只找它的“软处”捏
——一个人与它终生为敌
因为爱那个人
我颤抖着心，无缘无故地恨它

我常常把逝去的亲人混为一谈

玻璃珠儿，阴雨天，苦艾菜
燕子叽叽喳喳，压弯了高压线
爷爷从墙上取下军用挎包，半导体
呲呲啦啦的杂音，如他专制的
坏脾气，不定期发作
他挑剔米饭硬了，还是软了
胃是试金石，一直藏在左侧口袋里
——错了，这是公公的习惯
他还喜欢速度、轻骑摩托和耳边的风
——又错了！那是未成年的小妹
她不仅喜欢自由的风
还喜欢蝴蝶……灰；就像前院的二奶奶
她的长烟袋锅锅，就是荒冢
雾霾后面：悬浮的树精、鬼魅
兀自跳动的双眼皮儿……
突然出现爷爷，在苔藓湿厚的井台边
说笑，弯腰，汲水……
我们知道的太多了，懂得却又太少
这解构的梦境、啼笑皆非的生活
莫非就是真相——
请相信：木头墩，彩虹，锈死的人
相信幼儿清澈的眼波，鹿茸里没有毒
允许我在离去之后，四野寂静
允许怀念的人说：从前……
还说：世界小的时候……

棉 婚

棉花的棉，木棉的棉
棉婚的棉……同源同宗。

我畏寒，怕冷，另起炉灶——
木棉为火，棉花做被
无穷动

两年前的那一天
——薄暮中，你翻鞍下马
拨亮炉火，折断闪电
把棉花又絮上一层：
有人猜测，有人打哑谜
是的，一个人藏东西谁也找不见
——针尖，也是心尖

“还没有爱够这纷飞的尘土”

——论宋晓杰的诗

□冯　雷

一个诗人越是羽翼丰满，写诗恐怕就越是一件困难、甚至“危险”的事情。这和技艺的锤炼无关，这是说成熟的诗人必须时时保持警惕，避免重复，避免流俗，避免被一些陈旧的或是时髦的写作模式、题材套路所引诱。而自翟永明开始，夤夜之中那一尾神秘的黑裙成了许多女诗人笔下必备的配件，似乎不如此就不足以突出女性的性别身份，不突出性别身份似乎就辜负了女诗人的属性。但是那种过分狭隘、逼仄的自我想象跟宣泄与其说是“阁楼上的琴声”，倒不如说像是洗手池里的“烦恼丝”一样，让人皱眉。这类诗歌钻入了“个人化”表达的牛角尖，也阻断了诗歌和社会生活的精神联系。在我看来，当前汉语诗歌的最大问题，恐怕并不是缺少一颗丰富、深邃、充满碰撞的文学心灵，而是缺少一支颤抖的诗笔，面对浮躁、喧嚣、浸染着悲情和希冀的社会现实与个人生活，写下真实的诗篇。和许多女性诗人的作品相比，宋晓杰的诗并不那么强调所谓的女性意识，也没有过分炫目的技巧和诡谲的想象，她静静地体会着“日常生活的诗意”[①]，细致、真切地呈现着“平静之美、细软之美、日常之美”[②]，用她自己的话来说就是“她还没有爱够这纷飞的尘土”（《绝尘》）。宋晓杰用陶器一般拙朴而大气的笔触，为连通诗歌与凡俗生活开掘了一条新的路径。

“持重”的“中年心态”

宋晓杰或许没有太大的野心，她的诗基本不涉及国家大事、社会变革这类公共话题，也不刻意突出“女性”的身份。在我和她的对话中，宋晓杰曾谈到“我更愿意读者或评论家把我的诗和其他作品上升到‘人’的高度上来，而不是别有用心地在‘女’字上打转，我觉得那或多或少偏离了‘关注’的初衷。”[③]这段话虽然是围绕“女性”

---

① 2012年12月3日宋晓杰在首都师范大学中国诗歌研究中心“大雅讲堂”做了题为《日常生活的诗意》的讲座。

②宋晓杰、霍俊明：《“只有我，是越来越旧的……”》（未发表）。

③宋晓杰、冯雷：《周末闲谈——关于诗歌的对谈》（未发表）。

身份做的回答，但也不妨理解为，宋晓杰的写作姿态其实非常普通、平凡，她更愿意做一个安静的诗歌写作者，以一种不悲不喜的状态平实地记录着时光的流逝，挖掘着日常生活的诗意。书写日常生活，这当然不是什么首创，只是宋晓杰的特殊之处在于，她的诗歌时时流露出一种“中年心态”，这在当前的诗歌创作中是不多见的。宋晓杰专门有一首诗就名为《中年》，非常清晰地描述了自己的内心，“允许败笔、俗套、顽疾、坏习惯 / 它们跟随我多年了，已成为我的老友 / 一个也不能少”，人到中年，早已不再是年少轻狂，对许多事情都不再像青春年少时那么较真儿、那么理想化，时间和年龄一面拆掉了幻想的翅膀，一面又教给诗人一系列“允许”，“允许缓慢地回头、答话 / 更多地微笑；允许坐在重要的场合 / 像个标本，绝不诘问、指责 / 允许动不动就爱掉眼泪；允许自恋”。时间把诗人从光滑、细腻的瓷器打磨成粗糙、厚重的陶器，“我不是瓷器。是陶”。另外一首名为《正午》的诗，很明显是对“中年”的呼应和变形。在《中年》里，诗人学会了妥协和让步，而在《正午》中，诗人同样“基本学会了按部就班”。而且这两首诗的结尾都出现了同一个意象“羽毛”，如果说“羽毛”本身象征了轻盈和纯洁的话，那么在作品中则正反衬出了“中年”的泥实和滞重吧。不惟这两首，《状态》、《岁末》、《最后，我留下》、《木头人》等许多诗歌都表现出时光抚摸诗人内心留下的痕迹。

当然，如果只注意到《中年》、《正午》之类的作品，恐怕不免对宋晓杰的“中年心态”留下一个消极、负面的印象。事实上，特别值得注意的是，在《高枝上的猫头鹰》和《四十七岁的孤儿》两首诗里，宋晓杰都用了“持重”来修饰“中年”，或许这个词最能体现诗人内心对时间、年龄的感受与态度。

在访谈中，宋晓杰曾坦陈自己对时间比较敏感，她把她的散文集命名为《流年》，给她的诗集取名为《忽然之间》，两者都和时间有关。尤其是随着年龄的增长，她更自觉地意识到“生命状态”的变化，“更在意随风飘零的细枝末节”，“这样的变化反映在诗中就是更多的沉潜、思忖、反省，不断地回头，从而积蓄着稳步向前的不竭动力”。她还说“年龄的增长不是罪，但是如果没有相应匹配的思想的成熟、视野的开阔、心灵的宁静……那就亏欠自己了”[①]。时光的流逝固然让诗人感到难过，但宋晓杰却并非沉湎于怀旧而孤芳自赏、自怨自艾，而是依然稳健地、“不欣喜，也不悲伤”地操持着生活和诗歌，静候着命运的下一次挑战。就像她在作品里写到的那样，一面要“擎着空的双手——忠实地等候大大小小的意外，滚雷一般，破空而降……”另一面仍然要“活在有滋有味儿的世上”。因而，所谓“持重”大概就是一种心灵的“平衡术”（《不欣喜，也不悲伤》），而这才是宋晓杰“中年心态”最重要的部分。

对“命运”的想象与书写

宋晓杰在很多诗歌里频繁地谈到“命运”，比如《状态》、《雨夜，你奔驰在路上》、《突然想起满眼的野花》、《暮霭》、《关于雪，另外的说辞》、《这一天》等等，包括在另外一些诗里提到的“今生”、“宿命”等，也可以视为是在谈论“命运”。年届不惑，生老病死、悲欢离合已经不再稀奇，慨叹“命运”其实也是感悟“时间”的另外一种形式。“命运”成为宋晓杰诗歌里另外一个比较明显的主题。

---

① 宋晓杰、霍俊明：《“只有我，是越来越旧的……”》（未发表）

在阅读中，我发现，每每提及“命运”，宋晓杰时常会谈到、使用“列车”这个意象，有些是直接出现在作品的标题里，比如《列车一直开进深夜》、《云朵中的小火车》，还有一些则出现在诗行当中，比如《雪在烧》、长诗《大地，以辽阔、沉静之名……》的第七篇《“向如此更新的世界告别是心酸的”》以及《山居琐记》中的“第六天”《梦中的火车》。或许在诗人看来，那不为任何人停留的“列车”正如同无法挽留的“时间”一样吧，沿途的那些田野、河水、小溪流、杨柳、花果、石头、云朵、微光、腐草、虫鸣、星星、月光终将成为过去的记忆，空留下“回不来的往昔、烟一样的旧事和风物”（《列车一直开进深夜》），让人怀念，让人感伤。这几首诗的情绪也都比较低回，尤其在结尾，诗人带着几分冷意直接射中“命运”的靶心，“震颤过后的大地 / 寒光一般寂灭……这遥远的今生 / 有限的今生”（《雪在烧》），“我一言不发，像个跟谁赌气的人 / 呼啸着，被巨大的孤独 / 带走……沉入深渊！”（《列车一直开进深夜》）“你锃亮地，站在风起的云端 / 如一颗寒凉的星，带着 / 不安和宿命”（《云朵中的小火车》）。其实，不应忽略的是，在这些作品里，“列车”是分别行驶在“雪”、“云”、“黑夜”和“梦境”中的，或许正是这种遥远而模糊的视域引起了诗人对流逝的时光、未知的命运的感怀？而列车的轰鸣和呼啸莫不正如时光闪回带给人的震动和冲击？

如果说行驶中的“列车”还只是宋晓杰对“命运”的一种想象的话，那么现实世界中生命的终结则成为她记录“命运”的真实刻度。

宋晓杰时常会在写诗的时候想起那些已经去世的亲人、朋友，诗歌似乎成了诗人与之对话的中介，诸如《那边的亲人》、《诉与故去的亲人》、《四十七岁的孤儿》等。新世纪以来许多诗人都写到了故去的亲人，但是在徐俊国、郜筐、江非等的笔下，他们往往对应着“故乡”，那些已经去世的亲朋似乎更多的是他们乡村想象的一部分，是身在城市的诗人们与鹅塘村、平墩湖保持联系的精神纽带，是畸形城市化浪潮下的一种特殊“乡愁”。甚至也不妨说，那些亲人、那些死亡的意义就在于证明了一代人从乡村进入城市的精神跨度。相比之下，宋晓杰四岁进城，从小在城市中长大，她没有经历过灵魂上的迁徙，所以对于宋晓杰来说，“死亡”只是她作为一个中年主妇操持生活所必须面对的一部分，“腊月二十三了，我要赶在‘小年’之前 / 把多一点的‘纸币’汇兑到那一边”（《那边的亲人》），“现在，我的第一要务就是 / 看管好剩下的亲人，尽量小地抵销得 / 少一个……”（《诉与故去的亲人》）。正因如此，宋晓杰这一类题材的作品也显得更加真切、生动。比如在《那边的亲人》里，一张纸钱、一叠火焰似乎就对应着一位亲人，诗人不厌其烦地一个一个地提到。在另一首诗里，诗人一遍遍地用“你们”来概括那些故去的亲人，似乎“你们”近在眼前，整首诗也更像是祭奠时的倾诉和祷告。

唯善、唯美的情怀

虽然“命运”、“生死”引发了宋晓杰的许多诗情，但显然诗人并没有对“死亡”做过分形而上学的阐释和联想。毕竟诗人不是哲学家，死亡是每个成年人都必然会经历、面对的事情，它一面教给人们坚强地成长，“如持重的中年，让我理解了变故、不测 / 惟独没有胆怯”（《四十七岁的孤儿》），另一面也启示人们要珍惜现有的生活，“这么说来，可能，已过了前半生 / 或许，更多一点……// 即使这样，我也知足了”（《可能，已过了前半生》）。宋晓杰有不少诗歌都是在回忆自己的往昔，这些作品非常强烈地涌动着一种感恩、知足的情绪。或许这正应了孔夫子的那句话——“未知生焉知死”。

读宋晓杰的《恩人》不免会对她的幼年经历、身世产生好奇，让人猜测诗人在两岁那年的冬天曾遭逢疾病，是“爸爸”“冒着冬夜的凄寒”用“整整一个月”的时间挽救了“一条小命”，随着成年，对“爸爸”的感激和爱里多了几分羞愧，这种感情像一根骨刺一样，在诗人的内心隐隐作痛。在《偏得》里，诗人则庆幸自己“占用了三十九年的土地、空气和阳光、布匹、柴火 / 还占用了三十九年的关爱、体恤、惦念、恩泽……”，和那些流落民间的孤儿和步履蹒跚、病榻缠绵的老者相比，自己的命运和生活实在是“偏得”，甚至“相对于那些早早离去的好人，我有点过分了”。如果说前一首诗包含着诗人对于生命沉甸甸的敬意的话，那么后一首诗则洋溢着一种饱满的幸福感，“我还一天一天无赖似的活着，这真是偏得！”的确，没有比较或许就不会意识到自己其实是如此幸运、幸福，在《可能，已过了前半生》里，宋晓杰在把自己和“草草退席、缠绵病榻的”、“尚未出生的”、“风起云涌或白肠白肚的”做了比较之后不无自豪地惊叹道“我的确是赚了！”“像个无赖似的活着”，“我的确是赚了”，这样率真、恣肆的表达真是一扫“中年心态”和感悟命运那颓丧、沉重的一面。

关于诗歌，宋晓杰曾经谈道：“作品要展示出写作者甚至世界干净、内敛、通透、辽阔的那一部分。不管社会发展到如何不堪的境地，它总是向好的方向发展的，并且在任何一个细部，都有不可疏忽的或人性之美、或事物之美、或时光之美……即使是写死亡、残暴、裂纹、灾难、罪恶、消沉、坠落，也要用纯粹、纯洁、纯正的心态和词语去书写”，而且她还特别强调道：“从根本上说，我还是一个唯美主义者——不管是写诗还是做人。我觉得不管是鞭挞还是赞美，是陈述还是议论，我和生活、世界的紧张关系都应该有自己独特而真纯的表达方式——应该主动去引领一种向上、向善、向美的生活”①。显然在宋晓杰看来，内心的“平衡术”在很多时候只是为了平抑苦难和不悦，真正重要的是对善良与美好的向往。这不由得使我想起《组织部来了个年轻人》里刘世吾的那句名言“一个布尔什维克，经验要丰富，但是心要单纯”。

在宋晓杰的创作中，我注意到有几首诗提到了她的儿子，比如《第一天》、《这一天》。提到儿子，宋晓杰全是溢美之辞，“勤劳、勇敢！像个能干的 / 大力水手，你带来菠菜、欢笑和阳光，那么多那么多……屋子里一下子就满了 / 我一下子就强壮、完整起来——/ 不贫血，也不缺少骨肉”，“这一天，麦芒成熟、夏作物忙着播种”，“这一天，汽笛和车轮奔向四面八方”，“这一天，多少人等待着知识改变命运”，“这一天，野雏菊盛开，柳枝发出新芽 / 婴孩在摇篮里，嘹亮地哭啼”。在宋晓杰的笔下“儿子”简直和沈从文笔下的“龙朱”一样完美无缺。由此或许可以说，“儿子”实际上已经成为宋晓杰诗歌的一个独特意象，它象征着世俗生活的疲惫与温馨（《状态》、《斜阳微微地照着》），象征着母性和爱心（《楚雄》），象征着原初与本真（《看见自己三年前的一首诗》），象征着对善与美的寻求。

“母土”：介入现实的想象与力量

尽管宋晓杰曾纠正我的阅读印象，说她的诗“基本是不悲不喜的状态多些”②，但是从她的作品中我确曾读到一种充满静穆与庄重感的喜悦。我想这或许和她对“大地”的描

① ②宋晓杰、冯雷：《周末闲谈——关于诗歌的对谈》（未发表）。

绘与体验有直接的关系。“大地”也是宋晓杰诗歌里经常出现的一个意象，比如《眼看着太阳沉落》、《暮霭》、《平安夜》、《绝尘》、《隔世的森林》。如果说在这几首作品里，“大地”更多的还是作为一种自然景物而出现的，那么在《大地，以辽阔、沉静之名……》这样的命名中，“大地”显然成为了一种审美的对象，在诗人的心目中显现出一种独特的品质，召唤起了诗人独特的联想和情感，“七月的灌木丛，具有大地的品质”（《七月的灌木丛》），“没有哪一年像去年那样热爱土地 / 没有哪一年像去年那样恋上野外”（《我需要一个人滞留在途中》），我甚至猜想这种情感是不是像对父亲或母亲那样，以至于让诗人直接指认“我是大地的孩子”（《高枝上的猫头鹰》）。

我曾就为什么如此频繁地写到“大地”问过宋晓杰，因为她乡村生活的经历非常短暂，宋晓杰将其解释为是一种对“精神境域”的寻求和拓展，她说“一个人赖以生存的空间毕竟有限，但是，他的精神境域却是无限的。这与他身居何处、多大年纪、眼前景、身边人，有关，又无关”。这种解释当然是成立的，也是有效的。但是除此之外，更为现实的，还有诗人生活了四十年的家乡——号称中国的“湿地之都”、“中国最美湿地”之一的盘锦对她诗歌创作潜移默化的影响。诗人自己也承认“熟悉盘锦熟悉我的人，都说我的作品里有地域的广袤、辽阔，又不乏细腻、温柔。这是溢美，但是，水土与人的关系确实与那句俗语所说的一样”[①]。关于家乡，诗人曾写过一篇两万多字的散文，用富于诗意的笔触讲述了盘锦的水系、物产、生灵、景致以及人文历史。在介绍家乡的“红海滩”时，诗人动情地引用了自己的一节诗“大地赋予你的神圣标签 / 多么熟稔啊　你的波峰浪谷以及 / 到哪里都不会错认的容颜 / 那其实就是故乡的容颜 / 母亲的容颜”[②]。诗人把红海滩比作“大地”的标签、“母亲”的容颜。而在访谈里，宋晓杰也特别强调“草木、乡土、农耕时代的诸多文明，正如故乡、母土和母亲一样，是一个人的出处和归途、根基和归宿”[③]。“母土”，我不知道这个词是否是宋晓杰首创，然而通过“大地”，将“故乡”和“母亲”联系起来，糅为一体，这又确乎是宋晓杰诗歌的一种独特品质。由此可见，在宋晓杰的文学世界里，“大地”和“故乡”是互为表里的，其中包含的是像对母亲一样的虔敬。

这种虔敬像“母土”一样滋养着宋晓杰“草本的心”（《剩下的芦苇》），如诗人所言“我喜欢荒野上的烟火，上升的地气和土腥味儿，喜欢植物和默默生长的东西”[④]。其实宋晓杰不光写“大地”，她还一再写到“雨水”、“芦苇”、“稻田”[⑤]，而最让我惊讶的是，一个在城市中长大的女诗人竟会对“立春”、“雨水”、“惊蛰”、“清明”、

---

① 宋晓杰、采耳：《认识宋晓杰：采耳与宋晓杰的访谈》，http://www.poemlife.com/showart-19309-1142.htm（诗生活·诗人专栏·宋晓杰）。

② 宋晓杰：《湿地——人类永久的旅程》，《天辽地宁十四城》，辽宁人民出版社，2013 年 1 月，第 328 页。

③ 宋晓杰、冯雷：《周末闲谈——关于诗歌的对谈》（未发表）。

④ 宋晓杰、霍俊明：《“只有我，是越来越旧的……”》（未发表）。

⑤ 写到“雨水”的诗有《这些年的雨水》、《滂沱》、《恰到好处的第一场春雨》、《让人惦记的夜雨，沙沙地……》、《雨夜，你奔驰在路上》、《每年都有第一场春雨》；写到“芦苇”的诗有《我看见了喜鹊》、《高枝上的猫头鹰》、《剩下的芦苇》、《我需要一个人滞留在途中》、《一条大河沉睡着》、《阳光普照的正午》、《我克制得还不够》、《站在田野上》；写到“稻田”、“田地”的诗有《规律》、《我看见了喜鹊》、《给我一块稻田》、《野蜂飞舞》、《列车一直开进深夜》、《这个秋天，在田野里呆得太久》、《稻田中的那棵孤树》、《又一次来到旷野》、《站在田野上》、《我爱这一亩三分地》等。

“芒种”、“夏至”、“秋分”、“小雪”等这些农耕节气如此敏感、如此熟悉[1]，而与之紧密相关的或许还有宋晓杰对“秋天”和“雪”的大量描绘。但重要的其实不是诗人究竟更喜欢秋天还是冬天，或是“为什么一次次写到雪”，我想对于宋晓杰来说，“秋天”、“冬雪”和“大地”一样都有着“自然”的属性，都是孕育着变化、新生的“母土”：

怀念一场雪，其实与雪无关 / 与怀念也无关。山巅丰沛、树木饱满、/ 河汉静默……新世界就是这样的吧 / 大自然醉心于再度创造

——《怀念某年的一场雪》

散文家郭风曾经说过“当一位作家——诗人在沉醉于诗的境界时看到花朵，那是一种幸福，那是真正的一位诗人。”[2]“大地”、“母土”、“农耕”、“自然”，它们象征着生命力、象征着希望和未来，它们实际上成为了宋晓杰诗歌中非常重要的枢纽，它们一方面赋予生命以具体的想象形式，联通了对现实人生、命运的感怀，另一方面又激发出对自然、故乡的热爱，引领着诗人向善、向美，积蓄了销蚀平庸、乏味的中年生活的力量。换句话说，“大地”、“自然”在宋晓杰的诗歌里并不等同于虚幻的乌托邦和平抑苦难的世外桃源，而是一种介入日常生活的力量。

想必是出于自谦，宋晓杰在许多场合都谈到，写诗要靠天分、靠努力。但真正对于诗歌而言，仅靠天分和努力显然是远远不够的，因为诗歌本质上是一种知识，需要诗人们去学习和研究。宋晓杰或许也没有意识到，她的创作对于新世纪诗坛是具有启示意义的，或者说她的诗实际上回应了新世纪乃至九十年代以来诗歌的一系列问题，比如说，在社会转型期的复杂语境中，我们该如何写诗，尤其是人到中年的时候如何写诗，如何处理乡土、自然题材，如何平衡形而下的经验与形而上的思索，如何协调生活的“俗”和诗歌的“雅”，实现日常生活的审美化。关于这些问题，我想与其夸赞宋晓杰做了出色的回答，倒不如说她做了精彩的演示，提供了当代世俗生活进入诗歌的一种方式，展现了传统写作资源、习惯完成时代转化的可能，更证明了汉语诗歌的机遇与希望：

已经过了雨水，我开始平整土地
规划未来。在荒凉处栽种植物
我决定：不难为花朵，也不强迫果实
只要求绿色——最好是攀援向上的那种

——《返青》 Z

① 写到节气的诗有《写在立春之前》、《今日立春》、《第一个节气，多么甜!》、《这些年的雨水》、《返青》、《今日惊蛰》、《一片又一片荒地，以至无穷》、《我是一个饱经沧桑的人》、《这个清明有所不同》、《青春祭，或者纪念碑》、《第十天：短暂的归途》、《夏至未至》、《有人在黑暗中说话》、《四十七岁的孤儿》等。

②郭风：《在放生池前》，《文学月报》1986年第2期。

外国诗歌
FOREIGN POETRY

你和我是谁在林间
从一棵千年古树
砍下的两块木板。

——《太阳是惟一的种子》

贡萨洛·罗哈斯诗选

□赵振江/译

太阳和死神

像盲人对着无情的太阳哭泣
我坚持用空洞的双眼注视阳光，
总是被灼伤。

写在手上的光线
对我有何用？火，又有何用，
倘若我失去了眼睛？

世界对我有何用？

倘若一切都缩小为
触摸黑暗里的愉悦，在双唇
和双乳中啃咬死神的身影，
迫使我吃饭、睡觉、享受的身体
对我又有何用？

两个不同的腹腔生出了我，两位
母亲使我出世，我有双重孕育，
双重神秘，但那荒谬的分娩
只有一个果实。

我的口中有两个舌，
头颅中有两个脑：
体中的两个人不停地相互吞噬，
两副骨架争着成为一根脊柱。

为了诉说自己，
我口中只有一个词语
在我自行折磨的清醒里
我口吃的舌
只能命名一半的视觉，
就像那位盲人
面对无情的太阳哭泣。

始与终

当我在物体中打开自己的门：
谁在偷我的血、我的一切、
我的现实？当我在呼吸，
谁将我抛向虚无？
谁是杀害我自身的屠夫？

啊，时间。多重面孔。
你自己繁衍的多重面孔。
来自音乐之源的雅趣。请你离开
我的哭泣。请扯下欢笑的面具。
等着我吻你吧，抽搐的美丽。
在大海之门等我。等着我
在我永远爱着的东西。

太阳是惟一的种子

我活在现实中。
睡在现实中。
死在现实中。

我是现实。
你是现实。
而太阳
是惟一的种子。

你是什么？我是什么
难道不是借来的身体
在制造影子？

影子是身体
从记忆里留下的东西。

我有父母。
但是已记不清
他们的躯体和心灵。

我的面孔不是他们的面孔
或许只是它们的混合，
只是个阴影。

你行善或作恶。
你是一个事件的起因
然而：你是你的起因吗？

将要求你的给你。
将给你的向你要求。
总之：有进有出。

你丢下自己可怜的影子
如同写在城墙上
随便什么名字一样。

拼搏。睡眠。吃饭。
繁衍。步入老年。
过渡到另外的一天。

其他人和你一样
一点点地死亡，
直至大海将容量用光。

你可曾考虑
那海洋排出的空气？

你和我是谁在林间
从一棵千年古树
砍下的两块木板。

可是谁栽种了那棵树
让我们从它那里出生
又将我们关在其中？

我不认识你，
可你在我心里
因为你在将我寻觅。

你在我身上寻找自己。
我为你写作。
这是我的工作。

我活在现实中。
睡在现实中。
死在现实中。

我是现实。
你是现实。
而太阳
是惟一的种子。

自尽者书

我发誓，这女人分裂了我的脑髓，
因为她出入，像一颗疯狂的子弹，
打开我的体腔，且永不结疤，
夏季或冬季都这样吹过，
这样幸福地活着，在胜利上稳坐
而饱满的胃，像满足的秃鹫，
让我这样忍受饥饿的鞭挞，这样躺下
或起来，像一粒石子
在变化的激流中头朝下沉入白昼，
为了自欺，这样演奏我的古琴，门
这样打开，让十个赤裸的女人进来，
用我的字母在她们的背上做了标记，
她们一些人扑向另一些人
直至筋疲力尽，我发誓，她会长久，
因为她出入，像一颗疯狂的子弹，
时刻跟随我，做我的天仙，

放纵地将我亲吻
企图逃离死神，
当我落入梦境时，她留宿
在我的脊柱里，为我呼喊并求援，
掠我上天，像失去母亲的秃鹫
去死亡中孵卵。

日子过得真快

日子过得真快，在昏暗的激流中
我的任何拯救几乎都缩小为深呼吸，为了空气
在我的肺里多停留一个星期，日子这么快地
汇入无形的大洋，我已没有血液可供安全地游泳
我在变成另一条带着我的刺的盘中之鱼。

我返回本源，走向本源，无任何人
在那里等我，我奔向母体深处
骨骼在那里终结，我走向自己的种子，
因为那里写着：这要在星星上成就，
在我这条可怜的蠕虫上，我还要
和自己愉悦的岁月一起守候。

一个人在这里却不知已经不在，
进入这迷乱的游戏使人大笑不已，
但是有一天残酷的镜子会为你揭秘
你变得苍白却好像并不相信，
好像你不在聆听，
我的兄弟，那是你自己
在内心深处的哭泣。

倘若你是女人，为了自欺，你
会戴上最美的面具，如果你是男子汉，
会让骨骼更加坚硬，但内心却迥然不同，
无物，无人，个中只有你自己：
这样最好把危险看个仔细。

让我们准备好。让我们如实地
赤裸，但让我们燃烧，不能让自己腐烂。
让我们燃烧。让我们毫不畏惧地呼吸。
面对伟大现实在最后时刻的诞生
让我们清醒。

美的朦胧

昨夜我触摸并感觉到了你
我的手没有从我的手后面逃离，
包括我的身体，甚至我的听觉：
都几乎人性地
感到了你。

跳动，
不知像血液
还是流云，
上升的朦胧，下降的朦胧，在屋中
你踮着脚尖，闪闪发光地跑动。

你在我的木屋中奔跑
打开窗户
我整夜都感到你在跳动，
深渊的女儿，好战
而又寂静，多么可怕、多么美丽，
如同一切存在，但对我而言，
没有你的火焰，一切都等于零。

抗拒死亡

伴随过去的每一天，我不得不抛弃这些观点并闭
上眼睛。
我不想看、更不能看每一天有那么多人丧生！
我情愿自己是石头，在黑暗中，
也不愿忍受心中软化自己的恶心并对各方
微笑，只求自己事务的繁荣。

我并没有别的事务，只是在这里讲真话
在街上，面对四方：
真实地活着，惟一地活着，
脚踏实地，自由的骨架在这世上。

魔鬼啊，用我们的机器，以思想的速度，
直至跳到太阳，我们从中能得到什么：
即使飞到无限的远方，我们能得到什么，
倘若依然在死去，毫无
在黑暗时代之外生存的希望？

上帝对我无用。任何人对我都无一点作用。
然而我呼吸，吃饭，乃至睡眠
都想着还有十年或二十年，然后便像众人一样
在地下两米长的水泥中进入梦乡。

不哭，我不哭。一切该怎样就怎样，
但我不能眼见那么多棺材
过去，过去，过去，每分钟都在过去
装得满满的，满满的，我不能眼见
棺材里的血还在发烫。

我抚摸这玫瑰，吻她的花瓣，
我崇拜生命，不疲倦地热爱女性：
在她们身上开创世界，提取营养。
但一切都是徒劳，因为我本身
是一个无用的头脑，不懂得
期望另一个不同的世界
意味着什么，只有准备好被砍掉。

人们和我谈论上帝或谈论“历史”。
我嘲笑自己要去那么远的地方寻找
吞噬我的饥渴的理由，生的饥渴
就像优美的天空中永恒的太阳。

煤　炭

我看见一条激流像刀一样闪光，
将我的勒布劈为两部分芳香，
我听、嗅、抚摸，像当年在孩子的吻中
游逛，当我在风雨中摇摆，感到
又一条动脉在我的双鬓和枕间跳荡。

是他。在下雨。是他。
父亲湿漉漉的来了。一种
骑着湿漉漉的马的味道。
父亲骑着马穿过一条河流。
这不稀奇。暴雨夜垮塌下来
如同被淹的煤矿，一道闪电使黑夜震颤。

母亲，他就要到了：我们打开大门，
给我这灯盏，我要在兄弟姐妹们之前
迎接他。给他一大杯葡萄酒
为他驱赶疲倦，让他给我一个吻，
将蒺藜似的胡茬刺在我的唇边。

男子汉来了，满身泥泞地
来了，对厄运满腔怒火，对剥削
义愤填膺，饿得要命，从那里来了
披着他那西班牙人的斗篷。

啊，不朽的矿工，这里
是你亲手建造的橡木的房屋。
快进来：我在等你，
我是你第七个儿子。这些年多少星星
划过了夜空，我们在一个可怕的八月
埋葬了你的妻子，没关系，
因为你和她已经成倍地延续。
夜晚对我们两个是同样的漆黑
这没什么了不起。
　　——进来吧，别站在那里
看着我，没看见我，冒着雨。

相爱时爱什么？

相爱时爱什么，我的上帝：生命可怕的光
还是死亡之光？追求什么，找到什么，何谓爱
　情？
谁是爱情？是带着深邃、玫瑰和火山的女性
还是彩色的太阳即我愤怒的血液
当我进入到她最深的根中？

或者一切都是伟大的游戏，我的上帝，
没有女人也没有男人，只是一个身体：你的身
　体，
分化成美丽的星星，昙花一现的粒子
它们属于看不见的永恒？

上帝啊，我死于此，死于她们当中
在街上来来往往的战争，由于不能同时
爱三百个，因为我注定只能爱一个，
那惟一的女人，你早已在古老的天堂为我选定。

勿学庞德

请勿效仿庞德，请勿效仿埃兹拉
美妙的效仿，让他用波斯文、梵文、
开罗－阿拉米文书写他的弥撒，
他用学了一半的中文，靠查字典
半通不通的希腊文，华而不实的拉丁文，
自由、浑浊的地中海，用九十年锲而不舍的技艺
才摸索到那伟大的难以辨认的“孤本”；
请不要片面地评判他：要聚集所有的微粒，
从有形到无形，都要编入瞬间之物
和静止琴弦的经纬；让他宽松
盲目地看之再看，因为那就是词语：看，
那“精神”，未完成之物
和燃烧之物，的确我们所爱
和爱我们之物，既然我们是“男人”
和“女人”之“子”，归根结底是不可称呼的无数；
　不，语言
新的歇斯底里的半神们，没有标识，创新奇才的学徒们，
不要偷太阳的影子，想一想那颂歌
像萌芽一样在闭合时开放，请化作天空，
像老迈的埃兹拉一样的天空之人，总在危险中，
请无畏地从词语跳向星星，矛盾紧张的拱门
在一切可能的速度中，天空和更多的天空
为今天也为永远，
高贵
同时爆发的以前
和以后，旋转的瞬间，
因为这眨闪的世界会流血，
会跳出它终会死亡的轴心，永别了
阳光和大理石、还有狂傲富饶的传统；嘲笑埃兹拉
和他的皱纹吧，嘲笑吧，从此时到彼时，但不要将他掠夺；
嘲笑吧，像灰尘一样过往的轻浮的一代又一代，
文人墨客的子孙们，嘲笑吧，嘲笑庞德
和他背负的巴别塔——如同他者的警告
在其语言中曾经有过；
　　颂歌，
缺乏信仰的人们，想一想那首颂歌。

邂逅古瓶

——致伊尔达，我在南京见到她。

这一行以拍摄七刃折刀
开始，她像最后一尊大理石的女神
在巴比伦的市场上舞蹈；
我在梦中杂物里将她拾起，像面对
底格里斯的雌鸽咕咕发情，
用我的吻将她洗净。

我失去这诡秘的女人已经很久，
在此期间几度重生，在所有的门后
将她寻觅，从帝国的罗马
到纽约抽搐的天空；于是我回到亚洲
沿扬子江寻找，多么清醒
似乎为了此刻见到她，“真的见到她”：
　　　　　　　　　　　　　　　　　　除了
在华丽的南京，一个缥缈的饭店，
还能在哪里，在动情的纯洁中
如此轻盈，在青铜色
油脂的清爽中如此深邃，
在汉民族阳光的均衡中
如此的皇家气派，除了那里
还能在何处，
　　　　　在那里，
　　　　　　　　在眼前，
　　　　　　　　　　　在静止中
多么敏捷，伊特鲁里亚
女人笑容满面
在天然芬芳中的冒犯，
在古坛
秘密的伪装下，
在平衡中
盲目地令人
眼花缭乱。

“发现”并非赞歌
而是将发掘永远地失去：
再见了：挥霍；
再见了，迷人的魅力。
　　　　　　　　　　镜头
将这场景关闭。

音乐会

大家合写了那本书，兰波
描绘了元音的轰鸣，谁也不晓得
基督那一次在沙滩上画了什么！
洛特雷亚蒙　长长地嗥叫，卡夫卡

好像用稿纸点燃了一个焚尸炉：
从火到火；巴略霍
没有死，他遍布悬崖，如同
“道”充满了萤火虫；其他人
无影无踪；莎士比亚
用一万只蝴蝶搭建了场景；
此时自言自语从花园经过的人
是庞德，他在和天使们
将一个表意符号讨论；
卓别林在拍摄尼采；昏暗的夜晚
沿着太空，从西班牙
来了圣胡安，戈亚，
身穿小丑服装的毕加索，
亚历山大的卡瓦菲斯；其他人
像赫拉克利特一样，躺在阳光下
彻底酣睡，萨德，巴塔耶，
布勒东本人；斯威登伯格，阿尔托，
荷尔德林，在音乐会前
伤心地
向听众致意：
　　那时
流血的策兰
做了什么
在那里
面对着玻璃？

有言在先[1]

□贡萨洛·罗哈斯

在和“世界”诗人们的非凡交往中，我极不称职：我做过多次秘密对话，和布勒东在“泉水街”；和毛泽东，有一次他对我说“要和神斗”；我和狂人金斯堡，下过智利的煤矿，在海平面以下的洛塔；在万米高空的飞机上，我见过巴略霍在云中的面孔；少年时曾和维多夫罗讨论；和聂鲁达长谈，他多次在我家过夜；因此，因此我见过许多人，那一次在耶鲁见到博尔赫斯，当然，他看不见我；见过幽灵般的策兰，在跳进塞纳河的瞬间；抑或是达里奥，1935年左右，我正值少年，他出现在瓦尔帕莱索的人群中。但谁都不像奥克塔维奥·帕斯离我的呼吸这么近，不像他那样一语中的：从严格和预测的透明开始，最终是简洁、清晰而又有预见性。我们说得不多，但对话不少，一行一行地，预测人的未来，正如荷尔德林所说：“但持久性，要由诗人们奠定。”

近日来，在电视镜头的磷光和访谈里（在马德里、布宜诺斯艾利斯以及就在墨西哥），人们多次问我：面对技术大潮的上涨，诗歌是否在下滑，而且只要技术至上不失误，这个潮流就不会停止。是的：但语言会持久，如同寂静一样，无寂静即无语言。先要进入沉默，然后才能理解何谓语言，即以音节为支撑的声音的字母表。如今循规蹈矩的人们不懂得什么是祖先的音节，几乎像没有停顿的传真。他们不想知道什么是音节，对他们而言，只要色彩斑斓就够了——至于节奏，何为节奏？

然而语言将持久，除非克隆的大劫难继续玷污我们的星球。即便如此！生命依然如故，技术至上终将过去，如同其他瘟疫一样。无须做算命先生。人们将会听说，像我的同胞们在《叛逆者》中所说的那样。人们将会听说，对于天上的星星，计算机比人的遐想知道得更多。另一件事是今天的诗人们，我们应是物理的，而非形而上的，要学习生物学、数学和所有科学。

我不会再回到小时候惟一经历的那些细节，当孤零零的古老房屋上落下密集的冰雹时，我看见了闪电并听到了雷声；尤其是我听到了七个小兄弟姐妹们中的一个，像念咒语一样地说出这个闪光的、四个音节组成而重音又落在倒数第三音节的原始词汇：RE-LáM-PA-GO。的确，我在讲述这一刻时，这个词比漫天烟火更丰富多彩。

---

① 这是诗人为《同一事物的变形》（2000，“比索尔诗丛”，马德里）写的前言。

长大成人，多年后我仔细阅读赫拉克里特，第六十四节令我入迷，它说：“闪电统治了整个世界。”这立刻引起这样的遐想：突如其来的闪光能献给我们对全局的统治？我们把答案留给哲学家吧。我能说的不过是儿时的自己——家乡勒布那个冬天的夜晚——在那闪光的现象中，获得了瞬间“全部”的照明。因为那个孩子好像在眨眼间发现了某种几乎像在宗教胁迫中坚信的事物。

我不仅曾是等距离的几何学者，按照老迈的容格尔明确的说法，还是一个无政府主义者。叛逆而从不驯服，我那时的激情是寻求；绝对的寻求。因此我不是彻底的拥护者，更不属于什么宗派，也不参与任何有关正统的事务。要说事务，我和所有的诗人一样，喜欢清闲。如此而已。我为正义而斗争，自信参与了对伟大祖国的建构。我至少是我的人民和我的时代的见证人。

有一次，大约在智利人民黑暗的 1973 年前后，我有可能像其他许多人那样，在不知何许人的命令下消失，但老天爷未允许其得逞。

我豁然开朗，向后一跃，瞬间沐浴了童年的光辉。你真正热爱的东西，谁也夺不走。我在儿时的风中奔驰，在狂风暴雨的勒布，分明又听到了“闪电”这个词。“闪电，闪电”。我在闪电中飞翔，至今依然在闪电中燃烧。词语，我抚摸它们，亲吻它们，闻它们的味道，发现它们，从六七岁时它们就属于我；属于我，就像我家院落中那条熠熠闪光的煤矿的矿脉。直到 1925 年我才开始学习阅读。晚了，太晚了。在识字课本的河流中度过了飞快的三个月。但是词语在燃烧：我觉得它们有一种声音，超越所有的含义，有一种光芒，甚至有极其特殊的重量。

神圣的启示是好的，但现实又如何呢？事情明摆着，遍地坟墓。“不平静的坟墓”，康诺利的。“诗人在谈论新诗：胡狼在干涸的泉边嗥叫”。唉，语言，我们用它做什么？有对有错。至少值得怀疑。请阅读我这“爆炸性的布道”：这是一块难啃的骨头。

八十岁的骨骼，二十岁的心脏，我将“我们高兴，只因我们年轻”作为自己的歌，因为的确有二十岁的青春，也有八十岁的青春。从去年十二月起，我已在享受八十岁青春的新鲜氧气了。

此外——像所有的诗人一样——我同时来自北方和南方，东方和西方，我长期生活在地球各地，从寒带到热带，从高山到海洋。Z

诗人简介

贡萨洛·罗哈斯（1916–2011），生于智利勒布，曾在智利大学教育学院学习法律和文学。曾任圣地亚哥《南极》杂志编辑部主任和贡塞普西翁大学教授。1938 年至 1942 年间，是超现实主义杂志《曼德拉草》的创办者之一。1958 年至 1962 年间，曾多次组织拉丁美洲最优秀的作家在贡塞普西翁聚会。曾任驻中国和古巴外交官。1973 年智利军事政变后，流亡国外并在德国、委内瑞拉和美国的大学任教。1994 年回国定居。主要诗作有《人类的苦难》（1948）、《抗拒死亡》（1964）、《黑暗》（1977）、《诗 50 首》（1980）、《感悟人生及其他诗篇》（1987）、《天空选集》（1991）、《同一事物的变形》（2000）、《男人是舞蹈，女人同样是舞蹈》（2001）、《疯狂的爱情》（2004）和《有无依靠》（2010）。他的诗歌被认为是二十世纪最丰富、最新颖的创作之一，已译成英、德、法、葡、俄、波兰、意大利、罗马尼亚、瑞典、土耳其、希腊和汉语。曾获索非娅王后诗歌奖（1992）、帕斯诗文奖、何塞·埃尔南德斯诗歌奖（1998）和塞万提斯文学奖（2003）等诸多奖项。

中国诗人面对面

FACE TO FACE OF CHINESE POETS

中国新诗与世界圆桌会议

做诗选给美国读者，关于中国的现代诗选，我们最好的选择标准就是最鲜明的个人声音，可以带有很多知识，或者可以是平民的，都是要在声音本身中带来信息。媒介就是信息。

—— 梅丹理

中国新诗与世界圆桌会议

时间：2016 年 8 月 26 日　　地点：卓尔书店

□主持人：叶延滨

叶延滨：各位诗人朋友、批评家，今天上午是武汉诗歌节很重要的项目——中国新诗与世界圆桌会议，参加会议的都是来自各国的著名诗人、贵宾，还有国内有影响的诗人和批评家。这个题目比较大，由于我们是第一次对话，在以下这三个方向都可以。一是武汉诗歌节召开之时对于中国来说很重要的就是中国的新诗发展已有 100 年的历史，这 100 年的历史和与世界对话的关系是非常密切的，没有与世界的交往就不可能有中国新诗的诞生与发展。二是可以谈谈中国当下特别是进入到自媒体时代中国当下诗歌新的特点，自己有想法的可以谈一谈。三是大家可以谈一谈自己写作新诗和翻译中国诗歌的体会。有一个大的时间长度，100 年；有一个宽的时间现状，当下的中国诗歌；有一个很具体的个体，自己对中国新诗写作和翻译的体会。首先请阎志先生致欢迎辞，然后进行主题发言。

阎志：各位尊敬的老师、前辈，来自世界几个国家的诗人们，大家上午好！武汉诗歌节在大家的关心下第二次举办，这仍然在一个尝试、磨合和改进的进程之中，我们也看到这一届比上一届成熟了一点，内容要丰富了一点。很多人说武汉诗歌节应该加上“国际”，我个人认为加不加“国际”不是很重要，重要的是诗歌节的内容。武汉诗歌节首先是面向市民的，是一个书店发起的民间诗歌活动，虽然我们的党委政府很重视，领导也来了，但主办单位没有文联和作协，就是卓尔书店主办，所以首先是面向市民的，面向广大读者的，然后是面向诗歌爱好者和诗歌创作者的。离开了世界性的交流和对话不可能有中国新诗，也不可能有中国新诗的发展，即使是一个面向市民，面向民间的诗歌节活动，它的世界性和国际性依然应该得到加强。我们会从明年开始增加国际诗人的比例，包括语种的数量，同时也会让更多外国诗人来真正参与到诗歌节的活动之中。这次我们安排了三位诗人的面对面，之前我们的宣传发动还很不够，武汉读者对三位诗人不尽了解，中国诗人对于武汉读者来说是耳熟能详的，但是对于几位外国诗人来说以后还会加强宣传和造势。今天的圆桌会议是我提议召开的，希望探讨，一是在新诗百年之际我们能不能做一些事情。我目前想的是编一个选本，中国诗选，大概会选择 100 首，比较简单一点的选本，在包括在座几位外国诗人的帮助下，我们也会联系多语种翻译，大概有十个语种的版本，争取在明年发出。我们希望在编目上得到各位的帮助，能帮我们拉一个推荐篇目，我们做一个大数据，不是某一个人的喜好，我们可以找 10 个诗歌批评家和诗人，每个人拿出 100 个篇目，做一个大数据分析，这也很有意思。二是在诗歌交流活动中如何推动中国诗歌真正被世界所认识和了解。现在中国本土诗人在国际上的活动其实并不太多，像北岛这样具有广泛的国际影响力，经常参加国际上的重大诗歌活动的，中国诗人在这个方面还是比较少，主要是想听一些这个方面的建议和意见。我之前准备搞一个新加坡诗歌写作计划，后来因为和新加坡的媒体和文学界没有接触，每次去新加坡待几天就走了，这是我自己的想法，完全可以做一些有建设性的东西出来。这是我提议召开这个圆桌会议的起因。诗歌节的活动除了留下一些热闹，留下一些作品之外，还是要留下一些思考，我们的圆桌会议就是为诗歌节留下思考。非常期待各位老师、专家的精彩发言。谢谢大家！

叶延滨：谢谢诗人阎志的欢迎辞，既表达了他欢迎的意思，同时也表达了对这个会议的想法。

李少君：关于新诗百年，这段时间各种会议比较多，可能有各种意见。大家知道新诗百年争议一直很大，从鲁迅开始，鲁迅早期是很支持新诗革命的，他在留学日本的时候写过一篇文章，认为诗歌可以对人民的意志进行改变，提出改造国民性，他认为诗歌是一个很好的途径。到三十年代的时候他对新诗基本是否定和调侃的态度，认为提笔不能作文者变成了诗人，连文字写不好的人都变成了诗人。这些年一直有争议。流沙河是写新诗出名的，却认为新诗是一场失败的实验。我发现冯友兰有一段话，对理解新诗非常好，是他在西南联大纪念碑上的说法，他说“我们国家以世界之古国，居东亚之天府，本应绍汉唐之遗烈，作并世之先进，将来建国完成，必于世界历史居独特之地位。盖并世列强，虽新而不古；希腊罗马，有古而无今。惟我国家，亘古亘今，亦新亦旧，斯所谓‘周虽旧邦，其命维新’者也！”最后这句话用来理解新诗特别好。中国是一个亦新亦旧的国家，周虽旧邦，其命维新者也，是说中国虽然是一个古老的国家，但是它的天命是要维新，是要不断革新。五四新诗的发生是一个必然，中国本身是一个天命维新的国家，尤其还受到外力的进入，旧体诗已经不能适应当时时代的变化，只有新诗才能适应。新诗的革命可以说是必然发生的，包括胡适当时都这么认为，诗歌在中国文化中有非常革新的基础地位，不学诗无以言，既然旧体诗是传统文化的一个根基，但你要进行新的变革，肯定要把诗的革命作为一个突破。五四运动说到底真正的革命只有一场，新文化运动和新文学革命只有新诗革命，白话小说没有太多的革命，张爱玲的小说和《红楼梦》比除了反映一些新的内容没有更多的变化（当然有一些思想），新诗无论是从内容上，还是从精神上，还是从形式上都发生了根本的变化。我觉得非常有意思。

对于这个变化大家有很多争论，比如说过于激进。新诗革命很激进，就像五四运动很激进一样，导致了激进主义思潮对传统彻底的否定。纽约大学张旭东先生的观点用来理解新旧观点很有意思，张旭东说在五四以前大家把中国等同于落后，把西方等同于进步，中西对立就陷入困境，要中国就不现代，要现代就不中国。王国维有一句话叫“可爱而不可信，可信而不可爱”，所以王国维最后自杀，认为中国文化要完了，只能以死殉文化。张旭东说五四有一个好处是把中西对立转化为古今对立，他认为这个对立不是中国和西方的对立，最重要的是中国古代和现代的差别和区别。从五四开始中国分成了两个中国，一个是现代中国，一个是古代中国，五四运动成为现代中国的源头和起源，从五四以后开始就可以既中国又现代，诗歌也是这样，可以既新又保持是中国诗的。李泽厚先生虽然他不是一个作家，但是他对新文学、新诗反而很肯定，他说“五四白话文和新文学运动是成功的范例，它是现代世界文明与中国本土文化相冲撞的一次凯旋”，他说“五四以来的新文体特别是直接输出情感的新文学所载负、输入、表达的是现在的新观念、新思想和新生活，但他们又是中国式的”。最简单的就是现代汉语在翻译的时候大部分采取的是意译的形式，而非音译的方式，这样既保存了中国自己的文字和含义，又传达了一个新的内容和新的事物。比如说现在大家都用电脑，“电脑”这个词很有意思，“电”是很古老的词汇，“脑”也是很古老的词汇，但是电和脑这两个词汇重新放在一起之后就变成了一个最新的事物。还有互联网，我们早期翻译叫英特网，英特网就是音译，后来大家基本不用了，因为很多人不理解音译，但是用互联网的概念非常好，互、联都是很古老的中国词汇，互联网这个概念是最新的事物。中国五四时候的主张主要用意译而非音译的方式就保存了自己。我现在不太同意断裂说，断裂了之后还是中国字啊，印度的断裂更大，印度现在完全用英文，印度古老的文字完全没有了。我们一方面说它确实发生了变化，旧诗和新诗，另一方面从更大的角度来说也没有发生什么变化，我们仍然还是用汉字，而且汉字可以不断通过革新组装，能够表达世界上最先进的任何内容和任何事物、任何变革。我们现在基本上全部是用的意译方式，这保留了中国文化的本土内容。

新诗还是有它的一些问题，这个是和整个文化相关的。旧体诗歌作为中国古典文明、中国传统文化的基础和核心，同时它也是一个最高的形式。大部分人对于中国古典文化的了解和理解还是读唐诗三百首，诗经，这是启蒙的基本课程。要了解中国古代最文明的东西，诗歌中就包含着精髓。但是客观来讲，要了解中国当代文化、当代思想最高深的东西可能还不是诗歌，我们的差别就在这里。这个差别不是我们个人的问题，我觉得这是一个历史的问题。中国古典文化和古典文明包含的价值和内容是非常独特的，而且是非常有深厚意义的。我们当代文化、当代文明或者中国新的文明和新的价值还在构建之中，现在大部分的先进思想还主要来自西方，我们大家现在公认的一些普遍价值，自由、民主、博爱，这些观念客观上来讲主要是来自西方，我们到目前为止还没有提供一个不仅是中国自己创造的，带有中国特点的，另外也可以成为普遍的文明，目前还没有。新诗真正要达到一个高潮可能要等待这个过程的完成，这不仅仅是靠诗人可以做到的，它是一个历史的合力，需要有历史的契机，中国长期的稳定的社会发展和文明积累。新诗要恢复到一个类似古典诗歌的伟大高峰或者顶点，可能是要等待整个中国的新文明和新价值发生。这需要诗人自己的努力，大家从各自方向进行探索，所有的文明开始都是一个地方性文明，所有的地方性文明开始其实就是个人创造，诗人个人创造的意义不可小觑。如果一个诗人创造出不仅被中国广泛接受也能够被全世界接受的诗歌或是诗歌现象，那么可能就会产生更广泛而深远的影响。谢谢大家！

叶延滨：*新诗百年的话题大家都在说，少君从自己的角度摘要地阐明了自己的观点。*

梅丹理：我主要谈谈把中国诗歌翻译成英文的接受问题。我们要面对，英美诗歌处于什么阶段？我认为可以用几个词来概括，这是一个声音的时代。我们西方二十世纪的诗已经经历过现代大师，如艾略特、庞德、史蒂文斯、威廉斯等现代大师留下的遗产，一个人是很难去担当的，它可能已经覆盖了很多现代文化领域，所以不可能再走他们那条路，所以就来了一个后现代，后现代的主流是语言至上，是结构主义的东西，要消解作者的观念，突出语言，语言规律的互动。这最能体现在语言诗中的后现代，它是最能够消解作者的。当然有广义的后现代是突出各种实验个体的现代性以后的实验，可是从主流意义来讲，后现代也已经走了很长的一段路，30—40年的后现代已经变成另外一种老套。现在我们进入了个人声音的时代，就是不想消解作者，也不一定要以语言至上，它可以以自己的心理探讨至上，或者以外面某种神话体系继承至上，那要看个人是不是有这个能力，主要是以很鲜明的个体来利用现在的各种资源。过去老是要靠现代人去继承和复活，个人在这个时代有过多的兴趣，个人按照自己的线索去组合声音，这个声音面对了一些新的考验，因为在无限的个人声音海洋里怎么突出自己，有一种冒险，有一种危险会使你走向偏激，所以突出个人的声音也是很需要稳重和平衡感的。最成功的个人声音又是继承大量文化遗产或者大量现代知识的，包括科学知识，同时有一个很内心的平衡感，有一种重心，产生的声音虽然非常活跃和鲜明，但是不会偏激。我们做诗选给美国读者，关于中国的现代诗选，我们最好的选择标准就是最鲜明的个人声音，可以带有很多知识，或者可以是平民的，都是要在声音本身中带来信息。媒介就是信息。李少君讲的音译的问题非常好，这是中国一个特别的优势，可以让深层的文化一直传播到现代，也可以融入到现代，这就变成一个内在对话的文化体系。中国一直是儒家和道家的内在对话，不是外在的碰撞，而是根植于每一个文人的对话。现在中国文化在科学方面变成了内在对话的第三者，甚至于经济、商业也是内在对话的第四者，这使中国原有模式可以在语言中继续进行，它能够继续进行的原因是它的文字善于利用以前的基础继续以意译的方式增加新的观念。

美国没有什么中国的外来语，我希望看到的一个外来语是“道体”。朱熹用到了“道体”。中文的“体”字包含很多含义，包括身体、体系，也包括本体，对道、对自然的生生不息，对道的一种特别的理解，把道理解为一个体，我们一直在道体中提升自己，从某一个领域提升到另外一个领域，它会有一个衔接性。在西方没有自然的衔接性，这是中文词汇中的一个特别内容，我希望让这个词成为美国的外来语。

叶延滨：梅丹理对中国文化的理解，特别是他讲到后现代以后对中国文化的理解，在中国文化中个人的声音的发挥，内在的冲突感，他的这种理解对于我们来说非常有启示。以前有一个姓毛的伟人说过一个外国人来到中国，不远万里，叫白求恩。梅丹理，一个外国人到了中国，尽管长得还是外国人的样子，但他心里已经装了很多中国人的东西，这个就是梅丹理，谢谢大家。

吴思敬：武汉诗歌节设立中国新诗与世界圆桌会议，我觉得这个议题非常好。阎总刚才说诗歌节并没有标以国际的名义，我觉得这非常好，我们以后就很自然，中国改革开放以后标不标国际是次要的。现在有些大学为了要基地或者是学院要组织几次所谓的国际会议，几次国内会议，把国际会议作为一个汇报的内容，有时候只来一两个国际友人也标为国际会议。首都师大诗歌研究中心和诗歌研究院在每年秋天都会组织一场比较高规格的诗歌理论研讨会，没有标为国际，但每次都有国际友人参加。我们不标国际还有一个重要的原因，标国际会议以后申报程序就非常复杂，要提供所有的参加者背景、什么国家的，有时候给自己找很多麻烦，我们不标国际会议，很多外国朋友以旅游的身份可以参加，这也是一种方式。关于会议标不标国际不重要，这次活动是一个民间活动，这是非常好的。当前诗歌活动很多，一方面是地方政府，包括各级文联组织的，另一方面确实就是民间的不同的社团组织的，这次以《中国诗歌》和阎总的卓尔集团为主办者，以民间方式更体现自由的精神，这也是今后诗歌交流的一个很重要的方式。

关于这个主题，中国新诗和世界对话问题，我认为这是一个非常重要的题目，在今天应当提到日程上来。今天中国改革开放三十多年，首先是科学领域完全和世界对接了，包括高校开课内容，包括现在有些高校要求老师要有出国一年以上的经历，包括大量引进人才。清华大学以前没有经济管理专业，后来由朱镕基兼经济管理学院院长，主要领导和管理实际工作的副院长全是从美国回来的，获得博士学位的。在经济、司法各个领域，在社会科学各个领域，包括经济学，如果你不和世界对话，就不可能获得一种新的意识。我前不久在北京参加了一个教育部召开的语言文字、新文学和艺术学的会议，很多高校都有一个资深教授作为学部委员，每年要召开工作会和研讨会。这次会议是为了落实习近平在社会科学座谈会上的精神，这个精神分为两块，一个是社会科学，经济学、法学，一个是人文科学，就是哲学、历史和中国语言文学。人文科学和世界的对话确实就有非常复杂的一面，它和自然科学、纯社会科学比如社会学和经济学不完全一样，它的人文内涵不同，它有中国独具的人文内涵。哲学、历史学、文学，如何和世界对话，这就首先有对中国当下文史哲为代表的人文学科怎么估价的问题。今天我们只谈文学尤其是诗歌和世界之间的关系。现在中国的足球距世界杯的距离非常遥远，我们的文学具体到诗歌和世界水平的距离是不是就像中国足球和巴西足球之间的距离那么遥远，我个人不这么看，有人就是认为中国诗歌不如外国诗。这个看法首先就涉及对中国古代以来到今天形成诗学的总体态势的估价。我这里引用梁启超的一个看法，梁启超在写《饮冰室诗话》的时候正是清末，当时戊戌变法失败，中国贫穷落后，政治、经济、法律都不如西方，事事不如人，后面有一句话“惟文学似可以与西域相携行”，其他方面都不行，只有文学还能够和西方携行，较量一番。梁启超的这个判断是非常客观的，当时我们的政治体制、军事、经济、法律等等确实都落后，但是文学还能够和西方相对抗，我们不敢说一定比它高多少，这个判断是当时很客观的判断，也可以作为今天判断中国文学和西方文学的差距的参照，或者是相比较的出发点。梁启超之后，就出现了五四，出现了新文化运动，出现了新诗的诞生，中国的文学进入了一个新阶段，进入新阶段以后其中有一度中国文学和西方文学之间的差距拉大。由于我们特殊的政治体制，文学为政治服务，文学为阶级斗争服务，把文学当成工具的观念统治了我们，可以说从四十年代之后一直到 1978 年前后，思想解放运动，大约起码有三十多年的时间。这一段时间我个人认为是我们的文学和世界文学之间拉大了差距。这个世界文学非常复杂，我们和俄苏文学之间不是这回事，我们开始学习苏联文学，而且和苏联所谓社会主义的东西是合拍的。1958 年前后中国文学又不完全按照社会主义现实主义这条路，毛泽东提出“二革”，革命的现实主义、革命的浪漫主义。总的来说，在那 30 年当中我们受俄苏文学的影响极大，又企图走自己的道路，提出了“二革”，“二革”的提出把更多东西推倒了，尤其是革命浪漫主义与革命现实主义相结合，1958 年大跃进就成为这种创作方法的典型代表，后来的八个样板戏也是。我认为在这段时间我们和苏联的文学也慢慢渐行渐远，和西方的文学差距更大，西方文学提出的普世价值，它的人文内涵和我们越来越远，我们和世界文学拉大了差距，这也包括诗歌。为什么后来西方对中国的诗歌没有什么意识，它觉得你写的东西都是标语口号，都是为政治服务，都是时过境迁之后没有任何价值的。把文学作为宣传，这是我们一个很大的弊端，很大的弊病，在这段时间我们和世界文学的主流差距拉大。但在三中全会之后，我们调整了文艺方针之后，文学不再强调为政治服务和为阶级斗争服务，在这种情况下一批新的诗人崛起，以北岛为代表的朦胧诗人，他们实际上是在文革当中开始对时代、对社会有了新的认识。在那种极端困苦的情况下，作品不可能得到发表，写诗也不可能获得什么名声，反而可能会引来政治迫害，在最孤独寂寞的处境中他们找到了诗歌这种与心灵对话的方式。他们最初的现代的东西固然也在一定程度上受到了一些东西的影响，但主要是他们在现实中对人生的思考，使他们发出了自己的声音。也就是从这代诗人出来之后，再加上一批当时被打成右派的诗人归来，所以成为我们诗坛在八十年代初期两大主流，实际上也代表了新诗新的创作方向。归来诗人多数以艾青为代表的老诗人为主，年轻的一代就是以北岛、舒婷为代表的朦胧诗人为主，正是他们的出现使中国的诗坛出现了新的格局，就很自然和三四十年代现代主义的诗歌衔接起来。对于四十年代的以九叶诗人为代表的具有现代主义思潮影响的作品，对于这方面的价值，我们以前长期是忽略的，过去在文学史上对于这个方面根本不描写，或者不写，或者像有些人说的是才子佳人大烩饭，这是一些污蔑的称呼。他们在一定程度上已经把西方现代主义和中国传统关注民生写法结合起来，就像王辛笛、唐祈、郑敏、穆旦等人的写作都达到了相当的高度，他们把西方现代主义的写法和中国诗人的一贯关注结合在一起，已经创造了比较成功的经验。

经过了这段时间的发展，我们中国当代诗歌不敢说在世界上如何如何，但起码是我们今天有和西方诗人相对话的资本或者是实力。在中国诸种文学形式，小说、散文、诗歌、戏剧当中，今天能和西方相携行的还是诗歌。德国诗人顾彬对中国长篇小说有微词，甚至说是垃圾。这些年来首先是诗人出创作成果，中国的诗人在改革开放之后能够走出去了。在 1989 年前后由于种种原因，北岛这些诗人出去了一些，由于一出去就不是一个月两个月，而是 10 年、20 年，他们融入了西方社会，和西方社会直接对话，已经把中国诗歌的影响带出去了。改革开放以后西川、欧阳江河、树才、高兴等以不同语种的翻译家兼诗人的身份，长期和西方之间互相对话。再加上吉狄马加这样非常有眼光的文学领导者和组织者，在青海湖做几届青海湖国际诗歌节，其意义不单纯是中国诗人的聚会，他始终以中国诗歌走向世界，和世界进行对话为宗旨，这是马加的贡献，他作为一个优秀诗人，他的眼光，他对中国诗歌与国际交流的发展做出的贡献是别人无法代替的。现在不仅是青海湖诗歌节，我们中国诗歌研究中心每年有一个北京国际诗会，主要就是请世界不同国家的诗人来到中国，来到北京，来和大家进行对话。这样的活动已经在全国各地不同诗歌节上、不同高校和不同地方组织之间开展，中国诗歌和世界诗歌相交流和对话的大好局面已经形成。现在的问题是两个，第一是诗人面对这个局面怎么办？诗人的任务就是好好写诗，你写出最好的诗就是你对中国诗坛、世界诗坛的贡献。你先不要考虑自己如何在诗坛上有位置，北岛的位置不是他自己争来的，首先是他的作品和他的人格，在诗坛上我们缺的就是有北岛这种人格的人，我特别佩服的就是牛汉、北岛的精神。人格不独立，精神不自由，写什么诗，成天上面号召什么写什么，还继续在为政治服务的惯性上走，而不去关注现实，关注我们的民生，关注我们老百姓在想什么……中国现在是多么复杂的局面，老百姓现在想的是什么，诗歌反映出来了吗？即使我们不能在公开诗刊上发表，起码可以在博客上发表，可以在港台发表，没有任何问题，声音都能传回来，我们的诗人做得到。北岛在他那个时代成为了一个诗坛的优秀者。今天这个时代，呼唤诗坛的英雄，首先诗人不用考虑别的，不要说自己在国外如何如何，有些诗人是抱着这个目的，交换，我出去邀请你，你出去邀请我，用这种方式获得一些资源，没有用的。至于诗坛的组织者，包括阎志这样的企业家，马加这样的组织者，他们的工作是给诗人提供这样一个交流的平台，有了这样一个好的平台我们的中国诗歌自然就会走向世界。不要着急，功夫下在当下，成果自然就会出现。

竹内新：我听了大家的发言只能谈一些很浅显的观点。在谈到中国与世界的关系，尤其是国际性的时候，我从来没有意识到国际，我觉得我现在正置身于这样的环境之中——国际。从我个人写作经验来说，我开始写诗并没有关注国际，就是关注自己的内心深处，仅此而已。我的大学专业选择中国文学专业，我在进入中国文学专业的时候产生一个好奇，作为我们邻居的中国诗人在写什么样的诗歌？我非常好奇。在这之后我阅读了中国诗人的作品，我觉得中国诗人的诗歌作品光芒照耀着我，而且促使我慢慢开始翻译中国现代诗歌。我的翻译工作并不是像奥林匹克竞赛一样去竞技金牌，我只是尽到一个译者应有的责任。我翻译中国现代诗的目的，给日本读者最大的交代，是通过我的翻译让日本诗人和读者能够感受新的发现，同时有一种惊讶、吃惊和震撼。当然我的翻译工作是微不足道的，但是我觉得我有强烈的责任感。这种责任感有两种，一种是对作者的责任，一种是对日本读者的责任。在翻译过程中一般涉及诗歌的时候会翻译很多东西，但是我觉得通过翻译能尽可能减少损失原作的优秀之处，让日本普通读者能感受到共鸣到中国现代诗歌最好之处。如果让中国现代诗来到日本，变成日语诗，让它在日本的土壤上开花结果，有几个特点很重要。首先你是重视汉语还是重视汉语文本，第二个是在翻译过程中做一些少量的意译，更艺术化，减少原诗的损失，第三个是通过灵活的直译和意译的处理进行翻译，同时让中国现代诗的日语翻译在日本读者中生根、开花、结果。

刚才李少君先生谈到网络，我对于网络诗歌特别不擅长，而且很少上网。网络语言是属于哪一位诗人的语言，它的个性来自哪一位诗人，大同小异化我不是太赞成的。我个人理解现在网络诗歌也许就像射箭和打枪一样，发出去，发出一个声音，仅此而已。我现在还找不到对网络语言和网络诗歌的具体正确判断的一个合理的方法。我现在还是在大量翻译中国诗歌的时候很原始的工作只在纸上翻译，我也用电脑，但基本上是在纸上写，然后反复推敲。在一张纸上翻译完之后，我反复推敲，反复修订，最后定稿。诗歌的流行，一部分是通过网络传播自己的作品，我不知道中国国内对网络诗歌的评判标准是什么，日本现在也有很多网络诗歌，我现在不知道怎么定义这个标准。这是我通过翻译中国诗歌所获得的一些感想。我通过翻译中国诗歌发现是对我母语的一种锻炼，这是我翻译中国大量现代诗歌的一些感想和体会。我就是处在中国新诗与世界之中的我的位置，我的存在。

叶延滨：谢谢竹内新教授非常生动和直接的演讲，在他的演讲过程中我也有感想。我和译者田原先生当年是好朋友，他原来是我们国内的一个著名青年诗人，现在他到日本去，在中国和世界之间架上了桥梁。刚才的发言就是我们国内和世界交流的一个小的角度和切面，这个切面让我们感受到的东西非常多。

北岛：我说一下关于诗歌与翻译的问题。我首先想提出翻译文体，我以前曾经多次谈过翻译文体，从 1949 年以后，因为一些重要的诗人，特别是包括九叶派诗人，他们突然停止写作了，然后变成了译者。我认为他们提供了一个新的边缘化的文体，这个文体从 1949 年以后到 1970 年代，对我们这一批当时地下诗歌的诗人们产生了影响，因为翻译文体提供了一种载体，一种国际诗歌，当时我们的教育程度不高，我们完全没有外语的能力，所以我们都要读当时的翻译文体。这些根本性的改变和一种可能性，才使得今天诗歌和朦胧诗歌有一种可能性，传统的东西连接在一起了，中国诗歌与外国诗歌终于汇集在一起。尤其是中国 1970 年代末到 1980 年代初，和国际诗歌之间沟通了，这一点是非常重要的。我在 1983—1984 年翻译了《北欧现代诗选》，作为现代诗人的身份也体现在翻译的过程，这对于我来说是很重要的动力。后来我在国外生活了二十多年，在不同的国家参加过不同的国际诗歌节，尤其是在美国生活，教书，在诗歌创作课上，我们做的一个很重要的训练就是要把诗歌翻译过来。在香港中文大学把英文翻译成中文是一个基本训练，包括一些中国诗人，虽然你们的英文不一定很好，但是可以靠字典来翻译，这种体验对于每一个诗人的经验来说会跨越一种边界。哪怕有一些外国诗人，虽然他们不懂，他们可以找到第三者，或者是找文字译者跟他们合作，这都起过很重要的作用。我在香港中文大学教书以后，整个设想就是决定从 2008 年开始两个大的项目，第一个是香港国际诗歌之夜，从 2009 年开始，隔一年做一次；另外一个项目叫做国际诗人在香港，那是请活着的最重要的诗人和最重要的译者合作，要做对照版，牛津版。这两个项目也达到一个可能性，我们首先试图真正找到诗歌和翻译之间一种最重要的动力和冲突，甚至对所有译者都有一种挑战，包括田原，田原是最重要的日文诗歌译者和诗人。每一个词都是挑战。如果在过去的时代，一战、二战以后，整个世界的变化，必须有语言之间的跨越，要不然就几乎不可能，比如李白、杜甫他们根本不需要翻译。这个时代变成另外一钟全球化，这种全球化下我们讨论的问题是诗人们有另外一个很小的群体，但是他们的群体变成一个家庭一样。

这两个大的项目之外，我们现在同时用 10 年时间出了一个中英对照本，有十个中国当代诗人都是和译者、美国诗人共同合作，同时也用了10年时间和金丝燕、尚德兰（音）合作出版了中国当代诗歌的法文对照本，这个书已经出版了，现在也还有中日对照本。这些版本的设想是，我们希望能够真正接轨。既然我们能进入国内诗歌，它其实有很多类似的诗歌节、诗歌活动，为什么没有真正做过呢？很多类似的诗歌节需要很多可能性，这是一个最重要的推动力，如果外国诗人能真正加入的话，但这是非常有限的，因为翻译的工作量是巨大的，如果我们真正叫做国际诗歌节，进而回到大陆，这就需要下一些功夫。全世界都有这样的诗歌节，香港已经这样做了，为什么不在大陆做呢？大陆的译者是所有语言都有的，而且他们有很大的能力和潜能，也有资源，如果真正增加国际诗歌的成分，那么会发生一些根本性的变化，因为大家能真正形成一种张力和动力。这是我的整体设想，类似武汉诗歌节这样的平台完全有能力和我们共同合作。

森·哈达：首先祝贺中国诗歌到百年，确切地说还有一年，2017年，我们提前祝贺，这是历史性的。中国诗歌确实和每一个国家都有自己的文学诗歌史是一样的，从蒙古国来讲也是这样过渡的。我们和国外一些诗人和学者们研究中国当代文学的时候会发现一个困惑，提到中国的新诗概念的时候他们就很困惑，不知道从哪里解读新诗，刚写的吗？昨天发生的吗？应该是按照政治和历史的标志进行年代划分的。新诗很难被作为一个文学术语定义下来，在我们那里不是这样翻译中国新诗的，我们翻译成中国现代诗，当我们翻译成新诗的时候大家会觉得很难理解。蒙古国已经介绍过中国古代诗文，最早是通过俄文翻译的中国古典诗歌，像李白，王维在我们那里影响很大，我们那里很少人知道白居易，从俄文翻译过来的，王维的影响非常大，甚至超过杜甫的影响。我们一直受俄罗斯诗人的影响，很多看待中国诗歌的观念是一致的。我们追溯发现中国诗歌确实在那个时期的初期很厉害，发现徐志摩，当时泰戈尔直接和徐志摩有联系，而且泰戈尔的“精神”是徐志摩翻译的，就在旁边翻译的。在那个时候出现了艾青，在那个年代里确实对现代诗歌有贡献，当时在世界诗坛上是顶级的。刚才北岛谈到文学翻译，互译的重要性不可忽视，很多外国专家提出中国现代诗歌是不是翻译的诗歌，从哪里过来的？外国诗人认为是断裂的，很多人都知道中国的文革，都认为是断裂的，这可能是一个错误的判断。刚才《诗刊》的编辑不承认断裂，但是我认为是断裂的。语言没有断裂，有汉语，有普通话，但文化是不是真的被吃掉了很多，古典的精华被吃掉了很多。中国现代诗人用汉语写诗是不是和以前写的一样呢，是不是借鉴了古典诗人的精髓，今天还写得那么美吗，还像王维那么写吗？俄罗斯的一些人问我说你给我说说中国现代诗人的写作，我说现在中国诗歌已经发展得非常厉害，每个地方写的诗不一样，很多诗人的风格不一样，不能总体上判断中国就是一个流派，很多有才华的诗人翻译了很多作品触动了中国现代诗歌。翻译文学是一个贡献，也不能否认古典借鉴。现在也不用新诗这个词，主要是说当代的作品，遗憾的是，大多数外国人都认为没有超过前面的诗人，但是他们都是看到各个国家翻译的，都是李白、杜甫的作品。蒙古诗人对这个很感兴趣，他们认为中国诗人就是写山水诗，蒙古诗人会问写政治诗是从文革开始的吗，这是很值得探讨的。100年在人类文明史的长河是非常短暂的，中国今天能够定位到引起世界的关注，朦胧诗派出现之后是一个非常大的启示，对现代诗歌有推动作用。我们认为翻译是非常重要的，我们没有用新诗，用现代诗翻译过诗选，现在要弥补上后面这一段，要接上古典中间的这一部分，包括徐志摩。新诗定位了几位诗人确实令人很困惑，代表作品非常少，每个人可能就是一首，有的两首，多数作品存在着拷贝，存在着追随，追随、拷贝，也有借鉴。今天参加这个圆桌会议对我启发很大，因为这是新诗，是很有勇气的，新诗就是自由，说白了就是自由诗，今天能接轨吗？接轨还是有自由诗，和欧洲接轨也好，和拉美接轨也好，都是自由诗，就是抒情，传统的是另一个方面。中国诗现在已经接轨了，不仅是接轨，而且有很多可以和世界诗坛并驾齐驱的作品出现了。我期待着中国新诗一百年之后还要发生更大的飞跃，大家现在把眼光都放在欧美，我希望把眼光靠近北亚、中亚，希望有更多的交流。谢谢大家！

叶延滨：森·哈达是一个著名的蒙古诗人，同时他精通汉语，对于把中国当代诗人作品翻译给蒙古读者做出很多贡献。

谭五昌：今天是武汉诗歌节一个非常重要的环节，就是关于中国新诗与世界诗歌的学术讨论。刚才各位前辈、老师、专家的发言非常敏锐，有广度、高度、深度，对我个人来说很有启发。我今天发言的题目是，当前语境下创造理想化中国新诗的可能性。

我有三个思路：第一，在全球化语境下坚持本土经验创造维度的必要性。第二，坚持世界性的创造维度的必要性。第三，创造理想化中国新诗的可能性。在座的诗人，无论是中国的，还是美国的，还是蒙古的，日本的，现在都已经不可避免地处于一种世界语境中，你写的诗歌必然有世界性的元素。比如今天在座很多优秀的湖北诗人，他们写的诗不只有湖北的读者爱读；比如我在北京或者是江西，只要我的诗歌写得好，中国所有读者、评论家，无论是专业的还是业余的，都爱读。还包括西方的，比如梅丹理先生，他就会经常说哪一位中国诗人的作品很棒他很愿意翻译。这就说明中国诗人的优秀作品已经打动他了，这样的作品很显然具有一种世界性、人类性。作为一个中国诗人，首先要坚持他的本土性，这个坚持可能是无意识的。经济是全球化，美国的经济一感冒，中国的经济也打一个喷嚏。但是政治上很难做到全球化，中国坚持有中国特色的社会主义，文化上也不能全球化，谈到文化全球化非常值得怀疑。文化如果全球化就一点都不好玩了，它的丰富性就被取消了，恰恰是诗歌作为文化最敏感的载体能够维护文化的多样性，维护世界范围内的诗歌和美学的多样性。文化是不能被全球化的，诗歌是不能被全球化的。

今天有很多优秀的湖北诗人。最近这几年，有一个雷平阳，非常火，他很聪明，他专门写云南题材，他的诗歌有非常鲜明的云南经验。田禾先生的诗歌，竹内新先生翻译的，为什么这些汉语学家对田禾先生的诗感兴趣，因为他有非常浓郁的湖北乡土经验，有楚汉文化，比如他的《江汉平原》，这首诗歌非常有代表性，读了这首诗就了解过去时代湖北人的生存经验和审美心理特质，在贫穷的年代，这是只有中国发生的故事，湖北乡土经验和中国经验都很鲜明。阎志先生的很多诗歌，包括《挽歌与纪念》，也把湖北乡下人的经验和美学感受带到诗歌当中。在更大范围，我们强调中国经验，中国经验可能超越了云南、湖北、江西、湖南等等地域，是整体性的，中国经验是相对于西方外国诗歌而言的。比如我主编了2015年诗歌，叶延滨有一首诗是《秘书们的沙漏器》，表现的是官僚主义，人浮于事，对这一具有中国特色的做派进行了现实性的讽喻，他用沙漏器这个意象，这就很有中国意象的本土性。还有洱海，还用了金花，这个意象非常具有中国本土性，外国的朋友读起来也会感到非常亲切，如果你熟悉中国的地理状况。李少君先生写了很多自然题材的诗，向自然致敬的诗。谢克强先生的诗《青藏铁路》，写的是中国当下发生的故事，想象非常好，很有中国特色。简明获得闻一多诗歌奖，有一首诗是《紫砂壶：致许广平》，紫砂壶是中国的饮茶器具，中国意象传达中国经验；还有一首诗是《漂木》，不用漂流瓶，漂木和漂流瓶的区别很大，这就无意识呈现了中国美学界的一种坚守。周庆荣写的散文《沉默的砖头》，中国经验非常有特色，非常鲜明。

中国诗人的作品要吸引大家，要呈现出美学经验，当然要强调民族性，在湖北写好湖北的经验，在云南写好云南的经验，在内蒙古写好内蒙古的经验，草原的经验。如果过于乡土化，过于本土化，一个西方的诗歌朋友可能会觉得比较隔膜，不能引起他的共鸣。在坚持本土经验的前提下还有一个维度非常重要，就是世界性的话题。刚才竹内新先生说他不关注国际性，我觉得非常好，一个真正诗人写作的时候就是把个人经验写出来，个人经验中有本土经验、民族经验，还有世界经验，具有人类性，价值经验的普遍诉求，人类性就是理解性。马加先生的一首长诗写雪豹，雪豹是人类精神家园最后一块净土，面临着被消亡的风险，中国的诗人很关注，外国诗人也很关注，关注生态的题材具有人类性、世界性、普遍性，也有民族性、本土性。最近他出版了一本诗集，就是向西方诗人致敬，向俄罗斯诗人致敬，它表现了在一个大众娱乐化的语境下，一个诗人的普遍利益，你也可以联想到中国、美国和日本所有诗人的命运缩影和写照。

在全球化语境之下我们创造理想化中国新诗的可能性，就是坚持本土性与世界性、中国性与全球性的有机结合。北岛先生的诗歌在1980年代的时候启蒙了中国一代人，是一代人的呼声，他的中国性民族性相对鲜明，出国之后他1990年代以来到现在的诗歌作品，世界性的因素在加强。理想化的中国诗歌就是要把中西美学的经验，复杂性的中西美学经验，中外诗歌美学经验，在诗歌当中呈现出来。北岛先生做到了跨文化语境的写作，类似的还有很多诗人。我这两天要来武汉，读了很多我们湖北优秀诗人的作品，比如车延高先生最近的作品，他的《江湖》，中国经验元素很鲜明，还有《微笑是一丝不谢的莲花》，莲花的意象很有中国性，还有如耶稣活着会如何翻译，他想到把中国诗歌和全球诗歌打通的可能性，在写作的时候可能是无意识，这写出了中西方美学的混杂可能性。还有不会说话的哑妹妹，其中写道"观音菩萨不会说话，圣母不说话"，悄悄地穿插中西美学的经验。还有潇潇，写女性的伤痛经验，用了雪豹、蝴蝶，有中国性，同时也看到类似美国诗人塞尔维亚骚动的经验的表达，也是一种混杂性。梅丹理等汉学家，翻译中国的诗歌，我看起来很亲切，一下子变成中国人的一部分，你就变成世界的人，有中国元素，有对中国文化的热爱，同时也保留了西方的本土性。在全球化语境下，一首好的诗歌既有民族性、本土性，也有西方性、世界性。蛇是中国人不敢写的，这是中西方美学审美经验的差别性。还有一首诗写城市，这个城市既可以是东京，也可以是上海、武汉、北京，这就看到混杂性，对于人类的思想意识很鲜明，却又是暧昧不明的，我们要写这种具有暧昧不明经验的诗歌。

中国古典诗歌在蒙古或者是在西方很有市场，好像认为经典化的中国当代诗人不多，我听了之后半喜半忧。作为一个中国诗人的研究者，我认为中国优秀的当代诗人很多，而且我们要加大宣传力度，要改变中国古典诗歌和中国文化输出上的不对等性。中国当代诗歌成就远远高于中国当代小说，这个话现在还是有效的。各位大家发起文化诗歌节，国际性的，能够提供中西诗人对话的国际性诗歌节，要越多越好。

蔡家梁：非常感谢主办单位的邀请，很荣幸出席这场诗歌节，和各位爱好诗歌的朋友们相识，是一个文艺盛会。我对中国新诗和世界的距离的理解是，中国诗有一定的渊源、历史和基础，从旧体诗到新诗100年，我们都有很好的文学著作，这些文学著作要得到欣赏，而且要世界化，最终归于翻译。中国有很多很好的文学著作，从以前到现在，在诺贝尔奖上得奖的还是没有那么多，因为好的翻译，而且翻译得让世界各地认识的，还是不够多，翻译真的是应该加强。阎志先生提议说要翻译成十种语言，这是很好的出发点，是对中国诗歌推向世界的一个很好的起步。我本身来自新加坡，一个弹丸小国，世界地图上的一个小点。我们属于岛国，本身是多元种族的国家，我们基本上分为四大语言，华文、英文、马来文和泰米尔文，华人占了70%左右，但汉诗、中国诗、华文诗在文坛上没有像英文诗那么出众，没有英文诗那么受欢迎。我们这批爱好华文文学工作者在那里默默耕耘，同时我们也尽量翻译成各种语言。新加坡的文化艺术理事会每年举办一些作家节，把作品的四大语言互相翻译，让我们更能够认识到对方的诗歌和对方的作品，这是翻译的重要性。我在这里认识了著名的韩成礼，韩国诗人。好几年前有幸我的作品被翻译成韩文，在韩国杂志上发表。我和韩成礼老师两个人沟通上有一定语言障碍，可以说是鸡同鸭讲，但是我用几首被翻译成韩文的诗跟他交流，结果我们拉近了距离，可以有一定的认识，更意外的是他在读那首韩文诗的时候追问我这位翻译者是谁，这对于我来讲是很巧妙的微妙的变化，诗拉近了我们之间的距离。

有关中国诗和世界的距离拉近，我想互联网让我们能够读到更多作者的作品，而且可以看到更多中国刊物的诗的作品和文学作品。2008 年叶延滨老师来到新加坡，他代表《诗刊》过来，我们有幸见面，后来我对《诗刊》有认识，也在《诗刊》发表了作品。通过互联网我看到了更多作品，包括中国诗人和各国诗人的作品。互联网真的是一个拉近距离的很重要的管道。我们需要有一定的水平和程度。《诗刊》杂志是著名刊物，有这些好的作品。用心去写，写出好作品，用自己努力、人格和内心感觉把作品写出来。怎么推向世界各地呢？免不了还需要一定推动，就好像阎志先生说要举办一些活动，在新加坡举办一些文艺活动，这是很重要的。虽然我们有了很多作品，但还是要有一定的平台去交流，去互相认识。因为诗认识了大家，我真的很开心，也希望中国诗的火花会开得更加灿烂，更加光芒。

朱零：中国新诗与世界，对我来说题目有点大，因为我不是做专门诗歌研究的。但是我可以简单地讲一下最近我接触的。我很赞同森·哈达先生说的中国新诗，我也很愿意把它称为中国现代诗。自从新诗或者是现代诗产生以来一直有两个看法，一个是悲观的，一个是乐观的，相信在座的各位大部分是乐观的，包括我个人，但是我接触的很多人认为是悲观的。有一个很简单的例子，上个礼拜我和几个北大的先生在一起聚会，赵振江先生给我们谈了一个事情，叶延滨先生和潇潇都经历过。一个月以前在西昌的国际诗歌周，有一个诗歌朗诵会，第二天你们就去了泸沽湖。在车上赵振江先生跟我说，他和刘伯承的儿子和女儿，还有两个翻译家，还有当地州政府的官员，刘伯承的儿子就问赵老师，说昨天晚上那个诗歌朗诵的大高个真的是你们北大的教授吗？赵老师说是我们北大的教授，他说那叫诗歌吗，那人名声那么大，但是我们根本听得不是很好。因为他跟我们写作的接触不多，他接触更多的是翻译家，我说都没有勇气，声音都不够大。回答那几个翻译家的时候，他说是，这就是中国当下比较有名的，而且是北大中文系的教授，他对此表示很怀疑。我个人也在反省，我们当下的诗歌的接轨问题，我们所谓的世界，我们脑子里或者是嘴上说的世界都是欧美，都是西方，甚至不包括日本，不包括韩国。我觉得这些国家都是我们应该要交流的。我们和欧美、西方的交流到底有多少，到底接轨成功了吗？我在《人民文学》杂志社，为了和西方接轨，我们现在在做一个国家支持的文化项目，我们出外文版，现在出了 8 个语种的外文版，目的是把中国的小说、散文、诗歌推向不同语种、不同国家。昨天《人民文学》阿拉伯版首发式，我们做了 8 个版本，今年准备做 12 个版本。在这种情况下我就要推荐中国的诗人，到最后我发现，要把杂志卖到那些地方的读者们、翻译家们或者是文化学者们，能叫得上名的，就像北岛先生、吉狄马加、西川先生，再往下基本没有听说过。没听说过有多种原因，但首先是他们的作品没有被翻译过去，我们在座很多诗人的作品其实是不错的，但是没有被翻译家们关注。每个翻译家有自己关注的视角，有自己特定的几个喜欢的诗人，也就是翻译家太少了，被关注到的诗人更少。在座各位翻译家应该把眼光再向下探一探，再看看很有实力的更年轻的，我指的更年轻的是 40 岁、50 岁一批的优秀诗人，这一批是中国目前最有实力的一批人。赵先生对国内的翻译家很不感冒，他觉得他们是很仓促的，很匆忙的，他说他翻译一本书要准备两到三年，最起码是两到三年，然后他还需要一个母语为主的当地的作家或者是诗人，他需要助手。我们的翻译家是半年翻完一本书，甚至是一个教授署名翻译，其实是两个研究生翻译完了最后过一道，导致年轻诗人读到所谓和世界交流接轨的译本都是拙劣的。

我们所谓的中国现代诗、当代诗，从内心来说我认为离国外、欧美、西方大师确实有距离。但是这个距离到底在哪里？我刚才听了竹内新先生说的，他说他似乎是没有世界的，只有内心的诗歌，这对我确实有所启发。我认为那些优秀的诗人也是不分国界的，不管哪一个国家，不会因为你是那个国家你就优秀，不会因为你不是那个国家就不优秀。读他们作品的时候我们能感觉到他们站的高度永远是站在人类的高度，站在人性的角度，他们关注的始终是重大国际事件、重大历史事件、重大政治事件，而我们有局限性，我们很多时候关注的是家门口的花草长得怎么样，我们家的小狗叫得怎么样，家门口的小河怎么样，父亲母亲有多么辛苦。如果你的内心站在人性的角度，站在世界的角度，我想这样的作品写到最后就能成为世界的作品；如果站在乡村的角度，站在一条小河的角度，你有可能会成为一位不错的乡村诗人。

韩成礼：我来自韩国的首尔，我本身也写诗，但是我做的更多工作是翻译，尤其是做诗歌翻译。我在韩国一家很有名的现代诗杂志上定期将日本当下最活跃诗人的作品翻译到韩国，连续几十年如一日，到今天为止翻译了两百多本书，包括小说、诗歌批评理论书，这两百多本书对于我来说是最好的礼物。去年韩国有很多诗歌纪念活动，韩国的现代诗有百年历史，比中国早一年。东亚这几个国家现代诗歌的形成历史大同小异，比如欧美现代诗歌进入亚洲，首先并不是到中国，是到了日本，日本当时作为一个侵略国家，对韩国、中国台湾殖民，现代诗就到了韩国和台湾，后来到了中国大陆，中国现代诗的形成和韩国非常接近。我在高中生的时候开始写诗，那个时候通过写诗获得韩国很重要的奖，之后考上大学，我犹豫选择什么专业，考虑到日本和韩国的关系的时候很忧虑，日本和韩国有慰安妇问题，有诸岛问题，领土问题，还有对日本的殖民仇恨问题，最后我选择日本文学，通过日本文学，通过对日本现代诗歌的翻译来缓和这两国之间的紧张感，这是我内心追求的小小的和平。韩国和日本的紧张关系非常激烈，但是韩国诗人和日本诗人之间非常友好，没有人吵架。来到武汉之后我发现有很多和我同样身份的人来到武汉，本身写诗，同时又做诗歌翻译，同时又研究诗歌。我后来辞掉大学工作，靠翻译为生，我翻译更多的是小说，翻译诗集是没有市场的，几乎是志愿者，没有任何收入的，我主要靠翻译小说养活自己。但我必须要利用诗歌，把优秀的诗歌文本翻译到韩国来，这是我的一个很重要的理想。我对诗歌的理解是，诗歌尽管不能100%理解，但诗歌一定有可理解的部分，完全不能理解的诗歌肯定是劣质的。如果自己没有诗歌写作经验，不懂诗的话，在翻译诗歌的时候是有一定难度的，所以翻译者应该有写诗的经验，然后翻译文本，这样更容易理解，更容易翻译好。蔡家梁先生被译成韩语的一首诗歌，翻译人是金光林（韩国诗人）的儿子，他翻译得非常好，他本身也写诗。大家对韩国诗歌比较了解，韩国是一个诗歌的国度，诗集的营销量很大，比如地铁和广场上到处贴满了诗歌，各种各样的形式，很多诗歌并不是像象牙塔之上的，让更多普通人理解诗歌，阅读诗歌，参与诗歌，这是韩国做的主要工作，比较普遍化的。这次通过武汉诗歌节接触中国本土诗人，我发现中国是一个诗的国度，对诗歌充满无限热情，这一点让我感触良多。

我说一下我对诗歌的理解，我认为诗歌是母亲，她很温暖，同时也带给别人安慰。

邹建军：阎志先生有很宏大的志向和计划，要编一本中国诗选，要翻译成十种文字，这是值得赞赏的壮举。要解决中国诗歌与世界的问题，或是诗歌翻译的问题，还要从国家层面解决这个问题。现在越来越重视这个方面，但还是很不够。我到德国去过两次，通过他们的介绍知道，中国在世界主要国家都设立了中国文化中心，在首都和大城市。我也参观了，中国文化中心主要是陈列了一些古籍，四书五经，唐诗宋词，大本的精装本，整套的陈列在图书馆里面，但是借阅的人很少，他们本国的人绝大部分不懂汉语，而建立中国文化中心花了很多钱。还有孔子学院，我没有调查研究，根据我所了解的情况，我们孔子学院基本上是失败的，花了大量金钱，很多大学参与了，但是收效甚微。我觉得不如把这些钱用来设立一个很大的基金，来资助和奖励世界范围之内的诗人或翻译家从事诗歌翻译工作，这非常有用，诗歌翻译是要付出艰巨劳动的。相比之下，诗人翻译诗歌比学者翻译诗歌更有优势，因为他有创作经验。对于当下中外诗歌翻译现状我不是很了解，因为从事外国文学教学的需要有所接触和关注，没有研究过。我们应当呼吁政府把一部分钱拿出来设立一个国家翻译基金，在世界范围之内选择资助对象，专事各种语种相互之间的翻译，并不只是说把中国诗歌翻译成英文、德文，要有广阔的胸怀做这个人类有史以来伟大的事业。阎总作为一个企业老总，他的力量还是很大，但是相比国家来说力量还是有限的。

陈黎：我从台湾来，我主要说说过去百年中国新诗。如果只是说中国新诗在中国大陆一百年的话，它的意义和用中文写成的现代诗的历史还是有差别。中国大陆和港台地区，新加坡、马来西亚等任何有华人生活的地方都有汉语现代诗，我们看这个问题需要一些时间的纵深，可能需要一二十年才能够看到整个中国现代诗完整的空间版图。我非常同意北岛老师的一些说法，中国在 1920 年之后才开始和西方文学接触，一些三十年代的诗人一方面是作者，一方面是翻译者。很多人提到九叶派，这是非常重要的，是中文诗和外在世界互动联系的成果，可是很不幸的是，这样的传统在 1949 年之后有一些断裂，我在台湾，大家可以相对客观地看待这些。在 1949 年到 1950 年，因为国共战争失败，被驱逐到台湾岛上的国民党政权统治，使人们以一种非常奇妙的方式在这个年代用充满活力和生命力、想象力的，从西方现代主义和超现实主义中找到的一种非常奇妙的方式，把对时代的感觉，对生命的感觉，苦闷等等，用最精彩的中文书写出来。这对于很多人来讲都很清楚，余光中等，在台湾 1950 年代的现代诗是中文现代诗的黄金年代。1940 年代穆旦是很棒的，那种成熟和多样性和现在不太一样。我们很惊讶看到北大中文系新诗研究院在民间赞助下在前几年整理出来一套新诗大系，几十本，居然很清楚，很客观的，几乎是破冰之旅的，他们把香港和台湾的现代诗放在里面。在 1950 年代、1960 年代这一段时间里中国大陆的诗歌几乎是空白的，我们要腾出时间和空间的纵深才能够更全面看到中国大陆 1950 年代、1960 年代被割裂的现代诗传统是很幸运地在海外得到延续，而且达到第一次高峰。1979 年前后发生的朦胧诗运动，就台湾诗人来说觉得很诧异，看起来一点都不朦胧，让现代性往前推一点来讲，我完全同意它就是真正意义的中国现代诗的领跑。比较台湾和中国大陆现代诗的进程，因为社会和历史的元素，在过去 40 年间台湾现代诗的发展与后来 20 年的差别，中国大陆诗人展现出来的蓬勃活力和求新的创意比台湾要好，大陆诗歌的翻译也更好。但是有些东西不太可能像经济一样爆发出来。中国大陆在进行文化革命的时候对传统是禁绝的，排斥的，在台湾国民党推行中华文化复兴运动，台湾的学者和一般学生们、诗人们主动或被动要对中国传统的东西做一些连接。中国大陆在文化上的活力和创造力远在台湾之上，但我们绝对不能忽略两岸的语言，它的气质和方式还是不太一样。台湾向四方开放的性格，岛上人民比较自由地吸收不同的元素，包括本土的闽南语，台语，客家话，日文或者是英文，使在台湾的中文语言有一种不一样的弹性和活力，杂糅丰富的可能性。在题材上，台湾过去整个 1930、1940 年代社会发展的状况，使得有些题材和样式与中国大陆本身不太一样，比如对同性恋的书写，女性对身体情欲的描写，原住民作者写作的时候可以把母语和汉语并列等等，这是百年新诗和中国新诗需要研究的。

叶延滨：台湾诗和大陆诗的交流是中国几十年来新诗发展很重要的推动力量，1980年代的时候第一次交流在丽江中秋之夜，很有象征意义。在台湾学习的韩国诗人，他第一次到大陆来，他对我的第一声感叹是没有想到成都人这么会笑，这说明一旦隔绝以后会发生很多误解。

潇潇：我们这个题目很大，中国新诗与世界，对于我个人来说这个世界有两个世界，第一个世界是全球化的概念，对于一个写作者来说这个世界是另外一个世界，对于一个诗人来说其实没有一个别的世界，就是一个内心世界。这和我自己心里面一直所感觉到的是一样的。作为一个写作者和诗人，你创造一个真正的沉甸甸的作品，一个精致的作品，有质地的作品，你就是这个作品，这个作品也是你，整体形成了一个世界。中国诗歌与世界，更多是从这两个角度。这个选题可能太大了，后来突然从我脑子里冒出一个概念，世界的三个季节与中国新诗的秋天。当这个概念冒出我的头脑的时候我很奇怪，怎么会有这样的选题在我心里面，我为什么要这样感受中国新诗与世界？冒出世界三个季节的时候我就想到一些名字，比如说荷马，再到但丁，到弥尔顿，还有歌德、莎士比亚、普希金，直到现代的艾略特、庞德，俄罗斯的庞大群体，这些诗人的作品和他们的名字在我的内心形成了一个气候，像冬春夏一样的气候，这是三个季节。从学术上来说，刚才吴思敬老师谈得非常通透，百年来的梳理到今天。我非常赞成北岛老师昨天讲座的时候说到当代诗歌到现在已经进入到了一个青年、壮年写作，作为一个写作者我的内心感受是非常非常认可的。从新诗100年到今天，作品的巨大写作群体，包括网络，当今的中国诗人在国际上参加国际交流，这一切一切，中国今天的诗坛在世界上是最活跃的，写诗的群体是最庞大的。从新诗开始，从胡适的《尝试集》到今天，包括北岛老师的作品，到60后，第三代，70后、80后、90后、00后的作品，它形成一个庞大的气候，可能我比较乐观一些，中国新诗到现在应该走向一个季节，就是一个秋天，所有的诗人都在做这个准备，在慢慢地，最后收到一个最大的果子。现在不能完全盖棺定论，但是中国新诗已经到这个状态了，从土壤上到另外一个世界，全球化，整个在推动着中国新诗要走到这样一个季节。我们这一代诗人，从气候上和诗人个人准备来说，我们小时候阅读的就是北岛的作品，当时就被震惊了，当时也没有网络。80后、90后、00后就读辛波斯卡，读艾略特，非常容易读到，他们诗歌的学习和进步是踩在前人的肩头，他们在这个环境下，如果他们有幸运有准备的话，将来在这个诗人群体中不知道哪些人，他们会得到很青涩的果实。秋天的感觉，当代新诗秋天的感觉，要摘果子了，果实在树上挂着，慢慢快成熟了的感觉。我今年5月份到罗马尼亚，到了那里才知道我是获奖诗人，我去到那里的时候才知道他们的诗歌传统，这个诗歌节36年了，第一次颁给亚洲诗人，我自己就是诚惶诚恐到那里去领奖，他们的颁奖介绍语说潇潇作为一个中国诗人，她代表的是中国的一个古老文化，他们是这样来看待中国诗人的，而且他们能够读到我的作品。在国内大家太忙了，有时候诗人很难真正阅读别人的作品，但是他们非常认真读到诗歌在当下的信息。我们1989年之后写了很多作品，可能大家不是经常读，他们对那样的气息捕捉得很敏感，而且非常有认可，因为罗马尼亚的社会环境和中国有一些相似之处。他们认可诗歌的精神，独立的精神，这次他们也是第一次把这个奖项颁给亚洲诗人。中国新诗与世界对话，你的作品无意之中被翻译出去了，达到了一种对话的可能性。作为一个当代诗人，我个人收获了这样一个奖，这个奖也不算什么，但是对于我来说是一种鼓励和激励，在这种大环境下也会鼓励我们当代诗人，你会走得更远，去写更大的作品或者长诗。从我个人的创作来说，我会到西藏，会写一组两三千行的长诗，写中国的独一无二的文化，我是站在喜马拉雅的角度来说，我想到的不是别的，还是心灵的世界，这个世界和国际的世界是合二为一的，是没有距离的。我们每一个诗人都有责任和义务，你的存在就是你的世界，你与世界有一个无声或有声的对话。

高旭旺：今天上午听了各位专家的发言，我多年来从事编辑工作，我从编辑的角度谈两个问题。第一，中国诗歌发展100年没有一个准确的概念和定论，什么叫做中国诗？什么叫中国现代诗？当然有很多说法，站的角度不一样，翻译家有翻译家的说法，教授有教授的说法，编辑有编辑的说法，诗人有诗人的说法。有的说是担当，有的说是良知，有的说是民族的一盏灯，我都赞同，但是没有准确地概括中国一百年诗歌的概念。正好阎总通过圆桌形式和世界接轨，这是非常好的，希望这个要坚持下去，这就是最好的结合，让中国诗歌走向世界，世界诗歌走向中国的最好方式，这就是接轨。100年了，一定要有一个准确的大家认可的中国诗歌的定论，什么叫做中国现代诗，什么叫中国新诗？古体诗都有，杜甫、白居易，婉约派，山水诗人，都有整个世界认可的，忧患意识，忧国忧民，全世界都知道，这是定论。北岛老师的诗属于什么，是什么样的，有的说是阶段性诗人，民族诗人，我认为不是太确切。第二，现在面临最大的问题就是翻译问题。我去年翻译了很多外国诗，发了六期，有四期不是自己翻译的，是研究生翻译的，翻译完了以后，很多人认为这个翻译不是原来的味道，但总的句式很好。怎么和世界接轨，我们现在围绕的就是翻译，中国的翻译家把外国最优的诗翻译到中国，外国的翻译家把中国最优的诗翻译到外国，阎总能创造中国诗和外国诗的圆桌会议，这是最好的渠道。中国95%的翻译家是好的，但还有一些为了个人名利，为了个人生存，就没有认真翻译外国诗，我看了之后觉得非常不满意，给中国诗人和读者一种误导，这太可怕了，这怎么能够和世界诗歌接轨呢？我相信教授、教师、研究生都很优秀，但是不能保证所有研究生都是优秀的。我去年在头条发翻译诗，发了六期，但是有四期都不满意，有的说这简直是对外国诗的不尊重。我当时也探讨中国诗和外国诗的接轨，作为主编来讲肯定要走这条路。今天这个创意非常好，诗歌要多元化，就是要跟世界接轨，就要开圆桌会议，面对面地交谈，这样会比翻译更好。

沈苇：中国新诗与世界，非常大的概念，中国新诗可能理解为目前的新诗或者是新诗百年，或者个人写作的新诗，世界，可能有内世界、外世界，还有诗的翻译、交流，主要是传播学的角度，诗的横向移植，向内的移植，向外的移植。中国新诗与世界回归到每一个个体的写作，可能就意味着个人写作与现实的关系。现在新诗百年，这一两年纪念活动非常多。百年对历史来说是非常短的一瞬间，可能有些事情和现象再过50年、100年回头一看会看得更清楚。我理解的新诗百年既是一个过去时，也意味着一种更大的现在时，它其实对个人写作就是一个提醒，如何将历史诗学和现实的诗学甚至地理的诗学融汇成一种个人的诗学和写作，这是新诗百年纪念过程中对个人写作的最大提醒。涉及到移植，翻译、传播交流的问题，横向的移植就是狼奶，纵向的继承是母奶，作为写作者狼奶和母奶都要喝一点，这对于强健我们的精神体魄有作用。第二个是现实，我想起来法共中央一个委员写过一本书是论无边的现实主义，他把现实和现实主义的概念放大了拓展了，他把卡夫卡、毕加索、圣琼·佩斯都纳入到无限的现实主义概念中，我们理解的现实主义和我们个人理解的无边的现实主义既代表着一种更广泛的东西，也代表着更切身的更复杂的现实经验，这是我理解的现实主义。第三个是自媒体时代的写作时期，我现在连微信都没有，上星期我在编辑部开会时说了一句话，连一个微信都没有的主编可以下台了。我自己对这个有看法，现在进入一个数量化生产的时代，一个好的诗歌和不好的诗歌同样铺天盖地的时代，据说我们现在每天诗歌产量从纸质到网络已经超过全唐诗的4万多首，真正能够被我们记住的入心的诗有多少？这就是一个问题，作为一个批评家还是比较痛苦的。我读不过来，每天产量这么多，我怎么能关注到这么多东西呢？但是有一个好处，自媒体时代带来一个好处，就像哈密瓜和西瓜的对比一样，西瓜的产生是惟一中心，哈密瓜是多点中心，从新疆到西亚，到中东，到地中海，几乎同时产生了哈密瓜，多点中心，自媒体也形成了诗歌多点中心的局面，这种能量、个人化的写作最后会推动整个诗歌往前走。我这是既不悲观也不绝望的判断。

感谢谢克强先生邀请我到武汉，我是第一次到湖北，我最高兴和感动的是作为一个浙江湖州的诗歌写作晚辈第一次见到了湖州的前辈，我非常尊敬的北岛先生。我 23 岁离开浙江，然后去新疆，突然间想起一个感念是丝绸之府，很小的地方，丝绸的产量占全国的 1/10。我一直在呼吁，现在国家讲一带一路，一带一路就把丝绸之路地理神话转化成一种宏大的国家叙事，我呼吁丝绸之路的起点可以是长安，起源地就在湖州，为什么呢？有依据的。湖州的钱山漾遗址中发现了世界上最古老的丝织品，4700 年前的。湖州是水乡，没有骆驼，现在湖州城里还有一座骆驼桥，说明湖州人在历史上见过丝绸之路上过来的骆驼客，而且湖州的骆驼桥往西还保留了一条街名叫黄沙路，意思是在骆驼桥告别之后往西走就是黄沙路。我是从丝绸之府起程到了丝绸之路，孤悬塞外，也可能终老天山。丝绸之路给我巨大的提醒，我总是说新疆不是小地方，新疆是一个大地方，当浙江还是南蛮的时候新疆人已经在丝绸之路上见过各式各样的老外。有一个民族叫粟特族，懂 24 种语言，丝绸之路的中间民族，现在这个民族消失了。我写过一本书叫《柔巴依塔楼上的晨光》，很薄的理论集子，柔巴依就是鲁拜，波斯和突厥共有的古典四行诗形式，我从这里面找到了。古代也有现代性，柔巴依就是和唐代绝句有关系的，我比较柔巴依和唐代绝句的起源关系，我把丝绸之路改为柔巴依之路，也改写成一条诗歌之路。唐代绝句对柔巴依的影响，就是我们向外移植的东西，我们向外输出了中国的狼奶，这一点很重要。丝绸之路提醒我，虽然是地域性很强的地方，那个是东西方跳板，我们如何具备更宽广包容的文化情怀，从而形成个人的诗学，这对于每个写作者的自觉精神很重要。我提出综合抒情和混血的诗的概念，这就是丝绸之路给我的启发。

叶延滨：今天上午我们开了一个非常圆满成功的对话会，下面请主办方谢克强宣布闭幕。

谢克强：感谢大家，感谢当初我们设计这个议题。最早有人提议叫国际诗歌节，我们后来觉得这不妥，还是要叫武汉诗歌节。我们既然请了外宾，就要做一个议题，所以就做了一个中国新诗与世界圆桌会议。今天上午会开得很好。因为这个对话会是我们这次诗歌节的一个重头戏，我们《中国诗歌》也将发表这个对话会的内容。

再一次谢谢大家！Z

诗学观点

□甘小盼／辑

●**张大为**认为，诗歌与哲学是人类心智的两个极端，诗与哲学的论争，很大程度上来源于诗歌哲学本身的一种深刻的文化责任，因此，“诗”“思”并举才是文化和文明应有的格局。而今天的诗歌给人的直观感受，是其自身存在的一种文化失重的感觉，从而也只能在这个“美丽”的文化世界中，处于一种失衡的滑动状态。因而当代诗歌需要的，是以开放而健全的圆融心智，在“诗”与“思”的平衡中，以深刻理解这个世界的方式来理解自身的文化本质，以深刻加入外部世界秩序的方式来回归自身的文化存在。心智的回环、零度和曲折，或许正是诗歌自身的文化存在“形式”和文化实体诞生的地方。

（《通向诗歌的“文化心智”》，《文学自由谈》，2016 年第 5 期）

●**欧阳江河**认为，从人类文明的角度来讲，诗歌在美学意义上、伦理和精神性的立场上起到了净化、升华的作用。我们这个时代都不处理崇高。但诗歌还是要处理崇高，并且诗歌意义上的崇高包含了日常性。把日常性包含进来以后，还有一个真实性的问题。一旦包含了日常性和真实性以后，写诗就不是表演，不能一写诗，我就是美的、正确的、正义的。写诗要保持一股狠劲儿，要触及真实，触及现实，触及物象。

（《诗歌要保持一股狠劲儿》，《天涯》，2016 年第 6 期）

●**罗小凤**认为，新世纪以来，诗与现实的关系发生巨大变化。事实上，诗人从未脱离“现实”，只是“现实”的外延和内涵不断发生迁移和变化。“现实”无法重返，只能调整，即找寻、调整自己在社会中的生存位置。无论哪个年代，任何作品中的“现实”都是现实本体的镜像。真正的现实不随任何外在因素发生变化，但诗中的“现实”却会因诗人的原因而发生变化。关键在于通过对现实镜像的呈现，而呈现人性、灵魂与终极意义的东西。诗人所能做的，只是发明现实、再塑现实。即通过个体经验呈现对公共现实问题的思考，以及如何用语言再塑造诗人所理解的“现实”样貌。

（《现实的发明与再塑造——论新媒体语境下诗与现实的关系》，《诗刊》，2016 年 10 月上半月刊）

●**赵亚东**认为，在诗歌创作方面，首先要随着对社会形态、对人性认识的加深，个人的诗歌创作逐渐从个人世界向整个社会和人类的整体情绪介入，不断提升自己对身边事物感同身受的能力和自觉性。另一方面，诗歌创作是一个复杂的过程，在写作前，诗人要做好情绪酝酿和精神准备，甚至对形式感的不断确认，一定要外在的形式和内心的律动充分结合后才下笔。不仅如此，还要注重创作过程中对节奏感的反复揣摩，一定要做到情感与形式的统一，同时避免词语的大众化。诗人的创作来源是个人对生活、对社会的不断思考和感受，诗人必须始终把温暖、光芒、爱，以及感恩和绝望中的憧憬表达出来。

（《赵亚东：在“水深火热中返璞归真”》，《北方文学》，2016 年第 12 期）

●**柳冬妩**认为，一种深入个体当下生存状态的个人写作语言，与具体的历史语境紧密相关。诗人要恢复诗歌原有的初始性、独特性和纯粹性，并把这种新鲜的感觉直接带入行文之中，使新时代的诗歌包含我们这个急剧变化的时代信息，给古老的汉语诗歌写作带来生气，使写作再度成为可能。诗歌需要的不仅是才气、熟练地调词遣句的能力、对现代诗歌的修养，而更需要一种原初的、在生活刺激下不断磨擦出诗性火花的能力。离开了深厚的生命体验，离开了对于人，以及人所生存的世界之洞察，就不会产生诗的语言，也就不会产生诗的意象。优秀的诗歌就是那些以意象向我们指示着生存无限可能性的诗歌。

（《一种生存的证明》，《作品》，2016 年第 12 期）

●**王雪**认为，文人创作有些时候是因为“负债”而创作。诗债由单纯的欠他人之诗歌演变为一种创作观念，虽然没有完整的理论表述，但是大量的诗歌创作都与之相关，其对诗歌创作的影响理应受到重视。不同类型的诗债在一定程度上都敦促诗人积极作诗，诗人们在诗债的鞭策下主动作诗还债，这不仅能够提高诗人的写作技艺，也使得其创作量大大提升。但是，任何一种创作观念的影响都是双面的，以诗偿债有时也会造成苦吟之风，而且对于那些致力于毕生作诗偿债的诗人来说，这种宿命观往往会导致他们作诗过于率意而忽视情韵，而不经深思熟虑而信口作诗，必然会出现许多平庸甚至粗俗之作。

（《诗债论》，《中国韵文学刊》，2016 年第 4 期）

●**山鸿**认为，由于大众趣味的变化，现代汉语诗歌已经找到了发展的方向。需要警惕和提醒的是：个别诗人在现代诗写作实践过程中的不良倾向，对传统的轻易否定和对当下生活的简单摹写都是及其恶俗的。诗歌之美，在于安静而致命的一击，语言的所指精确、能指有力，所指和能指之间有一片开阔地，大开大阖之间，彰显一个诗人的存在。因而当代诗歌所面临的最大机会，是结合当下社会生活所带给我们的心理体验对古代诗歌传统的现代化。

（《现代诗写作实践中的机会和底线》，《当代文坛》，2016 年第 6 期）

●**谭毅**认为，在诗歌技艺方面，诗人需要能觉察出现实的许多层面和潜能，以及各种可能性的方向和结构，不同方向的力量在这种结构里角逐，修改这些结构。从不同的阶层、地域、人种的生活方式到语言的修辞层面，都需要繁复的生态，并且能够相互切入。作品中的逻辑不应该只有一种、一类、一层。如果只有一层，也许这个作品会更方便于处理它所包裹的现实，但不够立体。依靠线性逻辑是处理不好现实的，我们要从现实中提取主义和观念，构成我们自身的模型。它所呈现的逻辑应该是环状的，或者立体的；由此形成的诗，就整个作品而言，应该是“混而不乱”的。

（《跨越、迁移与综合，或诗的潜能》，《滇池》，2016 年第 11 期）

●**李浩**认为，对诗歌而言，任何一首优秀的诗歌，其诗性和诗意都是充盈的，必须获得充分保留，而增加叙事性则必然会对诗性构成减损，它们之间的“危险平衡”需要得到反复调适。叙事成分的增加，会增加诗歌的黏稠度，会下沉，这就要求诗人们必须在诗句中经营好凿空和留白。诗歌重情绪，往往截取时间片段，着力于一点一隅，而叙事性的融入则会不经意拉伸它的时间性，至少是数个片段的串联——其中的得失利弊也需要权衡。

（**《诗与叙事：片面的随想》，《广西文学》**，2016 年第 11 期）

●**王士强**认为，对于诗歌而言，独特的“发现”是前提性的，现实生活是规定性的、惟一的，而诗歌则可以超越现实，探寻更具可能性的生活样态。诗歌所展现的是一种别样的、异质性的生活，是对于现实生活的补充、超越与提升。诗人是敏感的，具有很强的发现能力的人，他需要对现实生活做出敏锐的体察，并对另外的、可能的生活做出真切的想象，如此方可能发现生活内在的诗意并将之传达出来，引发读者的共鸣。诗人应该见人所未见、言人所未言，应该对于生活有自己独到的发现甚至发明，说出人人心中有而笔下无的东西。

（**《诗歌与发现》，《清明》**，2016 年第 6 期）

●**汤富华**认为，翻译作为语言的属性，却超越了语言的功能，翻译不仅是不同语言的桥梁，也是人类意义的调和剂。翻译的出现，使得操不同语言的人们得以思想互文，人们通过语言进入了他族的心灵。两种不同的语言自然代表着两种完全不等同的诗学观念，个体对诗的感觉也迥然不同。诗歌必须是艺术品，读者可能解释不清，但他们的鉴赏心理非常明白。翻译带来文化异质，在翻译的招牌下，新的文体、新的文字以及新的诗感逐渐成熟，全新的审美形态也悄然形成。以此，语言的语感问题通过翻译的滤光镜而逐渐显出本色。这不仅仅是语言层面，诗学层面，更是社会环境以及意识形态的问题。

（**《语感的向度——以“五四诗歌翻译”为例》，《湘潭大学学报》**，2016 年第 6 期）

●**杨剑龙**认为，在诗歌创作中，诗人首先要有敏感之心，对于世事的发生、对于环境的变化，都有所感应有所反响，这就成为诗歌创作的缘起和动力。文学应该是真善美的艺术，任何虚情假意必定为读者所唾弃，诗歌创作更是如此。诗人应有真挚之情，无论是热爱、歌颂，还是愤懑、讽刺，都应该出自内心的真情。诗人不仅需要激情，还必须要有正义之感，褒奖正气、贬斥歪风，这是诗人的正义之识。在具体的创作中，尤其是传统诗歌的创作中，还必须注意到“意象”与“意境”的结合。

（**《我的诗歌创作与我的诗歌观》，《海南师范大学学报》**，2016 年第 9 期）

●**杨志学**认为，在多种因素的综合作用下，诗歌回暖升温。这虽然是好事，但也有一些需要诗人和诗歌界警觉和注意的事情。一是戒“躁”趋“静”。当下诗歌很活跃、很热闹，也很混乱无序，诗人必须做到静心凝神，方有可能写出境界悠远、感染力强的好作品。二是编辑要做好“把关人”角色，最大程度地发现和推出好诗，最大程度地减少关系稿和平庸之作。三是批评家应增强责任意识，重建批评秩序和诗歌标准。四是从传播角度思考，该如何有效抗拒网络化对优秀诗歌的覆盖和淹没问题。五是对五花八门的诗歌活动、诗歌评奖的管理和规范。

（**《当下诗歌回暖与升温》，《人民日报海外版》**，2016 年 11 月 10 日）

●**丘树宏**认为，中国的当代新诗，首先要守住和弘扬自身的诗歌传统，包括其中的内容和形式。首先诗歌应该是真善美的，这是人类共同的价值追求、共同的价值指向，这样诗歌才能给人以真正的意义，诗歌给予人们的必须是正能量。在格式方面，诗歌有和其他文学体裁不同的特色，在格式方面也应该有所规范。当代中国诗歌应该同时具备两个元素。一个首先是中华传统，中国诗歌传统的优秀的独特元素应该保留，这才是中国的。而另一方面，它又不是封闭不变的，特别是在开放的时代，它要走向社会和市场、走向全人类，这样的话，它同时也应该吸收其他国家、其他民族、其他语言的诗歌优秀的东西。

（**《诗歌要有明朗的方向和理想——再议鲍勃·迪伦获诺贝尔文学奖》**，**《南方日报》**，2016 年 11 月 11 日）

●**罗振亚**认为，在诗歌的竞技场上，最有说服力的永远是文本。新世纪的诗歌形象重构与真正的繁荣期尚有一段距离。这种形象重构基本上出离了上世纪 九十 年代“个人化写作”的审美与思想境域，它虽然存在一些必须消除的偏失，但也提供了一些艺术趣向和情感新质，只要诗人们能够在时尚和市场逼迫面前拒绝媚俗，继续关怀生命、生存的处境和灵魂的质量，在及物的基础上注意提升抽象生活的技术、思维层次，注意张扬艺术个性，强化哲学意识，协调好当下现实与古典诗学、西方文化资源的关系，避免在题材乃至手法上的盲从现象，让写作慢下来，在优雅的心态中宁静致远，新世纪诗歌就会无愧于时代与读者的期待。

（**《新世纪诗歌难以迅速出离低谷》**，**《辽宁日报》**，2016 年 11 月 14 日）

●**吴投文**认为，情感表达在诗歌写作中居于核心的位置，诗歌的修辞和形式要素都是情感的载体。一首诗的成功某种程度上就在于恰当的情感表达，而恰当的情感表达又是修辞和形式要素在整体上的协调统一。诗歌的修辞和形式技巧是诗歌的本体性元素，诗歌的主题内涵只有通过恰当的修辞和形式技巧表现出来，才能使诗歌获得稳定可靠的意义视域。诗歌写作固然是随物赋形，形随物移，但物与形的关系也是相互包容的。就此看来，诗歌的修辞和形式技巧内在于诗歌本体，而诗歌本体尽管是一个混沌的形体，却又是修辞和形式技巧的内在转化，因此，在诗歌写作中，对修辞和形式技巧的探索应该是诗人的本能和责任。

（**《生命存在的诗性哲学表达》**，新诗 – 龚学明新浪微博，2016 年 12 月 27 日）

●**黄自华**认为，一首诗歌能够感染读者，往往在于它营造出来的意境。好的意境是作者在诗歌中表现出来的一种深层次的悟性。情景交融、寓情于景、借景抒情、寓理于境、借境达理的诗歌无疑是好诗歌。好诗歌都应意境优美、深远，让人读后会有一种身临其境、回味无穷的感觉，并且能够引发读者对人生、人性的严肃思考，获得深刻的启示。诗人只有具备足够的内心感知力，才能够与强大的现实撞击，激荡，才能够与庞然大物相撞，并且撞击出其内部的诗性，创作出真正能够打动读者的好诗。

（**《从庸常的物质世界里，抽离出精神和境界——评谷未黄诗集〈与蚂蚁谈心〉》**，谷未黄微信公众平台，2017 年 1 月 9 日）

“发现”与“追踪”

——故缘夜话七十一弹

□李亚飞

“梨花风起正清明，游子寻春半出城。”此时正值清明假期，难得有个好天气，大家或归乡扫墓，缅怀先人，或赏花踏青，不愿辜负这样的好时节。

4月3日晚，编辑部同仁选择相聚卓尔书店，谈诗论诗，品茶聊天，不用出城赏花，便能从诗歌中感受到春意，也不失为应景之事，还免去了堵车闹心的烦忧。邹建军和谢克强最早来到“故缘”，大家便谈论起了各地清明扫墓的习俗，有说清明节当天不能祭祀的，一定要提前去扫墓；也有说清明节除了上坟扫墓，还要折柳、插柳、戴柳的习俗；更有说某些偏远地区只能男子去祭祀，女子不能前往的……从这样一件事情上便可看出中国的传统文化博大精深。

谈笑间，阎志推门而入。谢克强即将《中国诗歌》第四卷打印稿递给他，他接过后看了一下封底的书法作品就翻开诗稿阅审。

四卷头条

“本卷的头条诗人的名字很霸气呢，诗歌是否也一样呢！”阎志一边调侃一边翻阅桌上的样书。

“我觉得她的感情真挚，但是落笔太轻了，不能够抓住人心，放在‘头条诗人’分量不够，我仔细看了她这一组诗，写的主要有关爱情，我认为放在‘女性诗人’或者‘爱情诗页’更合适一些。”阎志严肃地提出了自己的意见。

“其实，我刚才也想说这些话，阎志把我想表达的都说了。但是看谢老师找个头条诗人不容易，我不忍心 pass。”车延高抱歉地说。

“我们还是要公平、公正，就诗论诗，不要带着情感去筛选。”阎志再一次提出了编辑标准。

“行，那我把五卷的头条提前到四卷，五卷的‘头条诗人’是梁平。”谢克强提出了补救方式。

“梁平那组诗不错，他发给我时我读过，能把旅游诗写成这样还是很棒的。”车延高表示赞同。

“好诗歌、好诗人现在太少了，我每次看到了好诗就想迫不及待地推送给你们。”车延高继续说。

“写好诗真心不容易！”阎志也赞同地点点头。

“追踪”新发现

“既然从浩瀚文字中难以发现好的诗歌，那就从我们以前新发现学员中去发现和培养，培养‘本土化’诗人。”阎志提出了想法。

“有啊，像新发现学员莫小闲、徐晓、向晓青都上过我们的‘头条诗人’，还有梁永周也上过‘爱情诗页’……我们争取能让更多的学员写出高质量的诗歌来。今年第六卷网络诗选的‘特别推荐’我就选了几个新发现学员的作品。”谢克强赶紧解释。

“前段时间我还为两个年轻人写了评论，其中一个还是2016年新发现的学员呢，我还是认真研读了他的作品的，觉得写得还是很不错的！”车延高继续说道。

“这很好，要为年轻人多写评论，多写序，多鼓励新人。”阎志补充道。

“是的，如果我这边有好的学生作品，我也积极推荐给你们，现在很多小孩也挺有想法的。”邹建军也积极地说。

“羊羔体”约稿“梨花体”

“你们最近有关注过赵丽华么？她有一个‘梨花公社’的微信公众号，还不错呢。”车延高一边说一边翻出微信给大家看，“她不仅写诗，还画画，各方面都做得有声有色，就像公众号上所说，‘在这里感受诗歌与画的梦想’。”

“我看看，她的画还蛮有意思的，有内涵，也有味道。”阎志说道。

“那我们跟她约一期《诗书画》怎么样？”车延高提高声音兴奋地说道。

“可以啊，我曾经给她打电话约过，你的面子大些，你再约一下。”谢克强笑着说道。

“没事，那我跟她约一下，看她能不能给我们一期《诗书画》作品。”车延高自告奋勇地接下了这个任务。

“那我们就等着看看‘羊羔体’作者约稿‘梨花体’作者咯！”众人哈哈大笑。

《湖北百年新诗选》

“我曾经提出的《湖北百年新诗选》项目，最近有了进展，经费落实了，下一步就是挑选百年来湖北诗人的诗作，你们精心准备一下，挑你最满意的诗呵，这可是百年才一回哟！”谢克强说道，“从废名、闻一多、胡风、徐迟等现代诗人开始，到今天活跃在诗坛的80后、90后诗人，力争较全面客观展示湖北诗人在百年里为中国新诗的繁荣发展所作出的贡献。”

“如选诗歌最好让作者自己选，因为作者一般都有自己的审美取向，他们自己把最满意的选出来，可能更有代表性。”车延高说道。

“当然，每个人对诗歌的看法都不太一样，你们就按照自己的标准来挑选。”谢克强表示认同。

夜已渐深，本次编前会也已接近尾声。虽说今天无花无酒过清明，但是有好诗好茶伴左右也足矣。亲爱的读者，下次见！